나
와
디
탄

经典中国国际出版工程
China Classics International

# 나와 디탄

사철생 지음 — 박지민 옮김

율리시즈

# 차례

## 나
## 와
## 디
## 탄

이 공원이 있어서 나는 내 운명에 늘 감사한다.

어느 날 어쩔 수 없이 오랫동안 이곳을 떠나게 되면

나는 이 공원을 어떻게 그리워할까.

꿈에서 어떤 모습으로 만나게 될까.

갑자기 나 혼자 이 세상에서

정말 너무 오래 놀았다는 생각이 든다.

❖ ❖ ❖

내가 소설에서 여러 번 언급했던 버려진 공원은 사실은 디탄(地坛, 지단)[1]이다.

관광산업이 발전하기 전의 그곳은 버려진 황무지처럼 황폐하고 스산해 찾는 이가 거의 없었다.

디탄 공원은 우리 집과 아주 가까이에 있었다. 아니면 우리 집이 디탄 공원 가까이에 있었다고 할 수 있겠다. 아무튼 이곳은 나와 인연이 깊다.

디탄은 내가 태어나기 400여 년 전에 이미 그곳에 자리를 잡았다.

우리 가족은 내가 태어나기 전, 할머니가 젊은 시절에 어린 아버지를 데리고 베이징에 처음 온 그때부터 계속 그 근처에 살았다. 50여 년 동안 여러 번 이사를 다녔지만 언제나 그 주변에서 맴돌았고, 오히려 이사를 할수록 더 가까워졌다.

가끔 나는 디탄과 나 사이에 어떤 숙명의 기운을 느낀다. 이 오래된 공원이 나를 만나려고, 그 자리에서 온갖 풍파를 겪으면서 400여 년을 기다린 것 같은. 내가 태어나기를 기다렸고, 또 가장 왕성하게 꽃을 피울 나이에 갑자기 두 다리를 못 쓰게 되기를 기다린 것 같은 느낌 말이다.

400여 년의 시간 동안, 그곳의 오래된 건물의 처마와 화려하게 장식들은 부식되었고, 문과 담장의 현란했던 주홍빛은 옅게 퇴색되었다. 높은 담은 무너지고, 돌계단과 옥 장식은 여기저기 부서지고 깨졌다. 더불어 제단 주변의 나이 든 측백나무는 갈수록 푸르러졌고, 곳곳의 잡초와 넝쿨은 도처에서 거리낌 없이 자라 무성해졌다.

바로 그때가 내가 반드시 그곳에 갔어야 할 그 순간이었다.

15년 전 어느 오후, 나는 휠체어를 타고 공원에 들어갔다. 공원은 혼이 나간 가련한 영혼을 위해 모든 것을 준비해두었다. 태양은 절대 변하거나 바뀌지 않는 그 길을 따라 움직이며 점점 더 커지고, 점점 더 붉어지고 있었다. 공원 가득 퍼진 조용한 햇빛 속에 혼자서 쉽게 시간을 보고, 나 자신의 그림자를 볼 수 있었다.

별 생각 없이 공원으로 들어간 그날 오후부터, 그 공원을 오랫동안 떠나본 적이 없다. 나는 그곳의 의미를 금방 이해했다. 소설에도 쓴 것처럼 인구가 밀집되어 있는 이 대도시에 이렇게 조용한 장소는 마치 하느님이 사람들을 위해 고심해 마련해놓은 선물 같았다.

두 다리가 불구가 되고 처음 몇 년 동안, 나는 일을 찾지 못했고 갈 곳도 찾지 못했다. 갑자기 아무것도 할 수 없는 처지가 되었다. 나는 그냥 휠체어를 밀고 공원을 향했다.

그곳은 한 세계를 벗어날 수 있는 또 다른 세계였다.

내 소설 속의 디탄은 이러하다.

'딱히 갈 곳이 없던 나는 아침부터 저녁까지 이 공원에서 시간을 때웠다. 공원은 관리자가 따로 없었다. 공원은 출퇴근 시간에 지름길을 찾아 공원을 가로질러 통과하는 이들 때문에 잠시 활기찼다가 금방 다시 고요해졌다…… 뜨거운 공기로 가득한 이곳에서 그나마 시원한 곳이던 담장 밑에 나는 휠체어를 두고 앉아 있거나 눕거나 책을 읽거나 생각에 잠겼다. 간혹 나뭇가지로 나처럼 이 세상에 왜 왔는지 모르는 벌레들을 쫓기도 했다…… 벌은 낮은 높이에서 안개처럼 조용히 머물며 윙윙거렸고, 개미는 더듬이를 세우고 의기양양하게 앞으로 가다가, 갑자기 무언가 깨달은 듯 몸을 돌려 미친 듯이 기어갔다. 무당벌레는 나무 위를 기어 올라가다가 문득 귀찮아졌는지 갑자기 기도하는 듯 날개를 펴더니 순식간에 위로 날아올랐다. 나무 위에 남아 있는 매미의 허물은 텅 빈 집처럼 외롭고 적막했다. 풀잎 위의 이슬은 이리저리 움직이다가 하나로 모이더니, 그 무게 때문에 풀잎의 허리가 꺾여 바닥으로 떨어지며 금빛으로 부서졌

다. 공원은 풀과 나무가 서로 바스락 바스락 소리를 내며 서로 경쟁하면서 자라나는 소리로 가득했다.'

모두가 거짓 없는 진실의 기록이다. 공원은 황량했지만 결코 쇠락하지는 않았다.

내가 들어갈 수 없는 전각과 오를 수 없는 제단 외에, 나는 디탄의 모든 나무 아래를 지나갔고, 거의 모든 잔디밭에 내 휠체어 바퀴자국을 남겼다. 어느 계절이든, 어떤 날씨든, 어느 시간이든 나는 그곳에 있었다. 가자마자 바로 돌아온 날도 있었고, 공원의 모든 곳이 달빛으로 빛날 때까지 머문 날도 있었다.

공원의 어느 구석이었는지 모두 다 기억은 나지 않지만, 나는 몇 시간 동안 온 마음을 다해 죽음에 관해 생각했다. 또한 같은 인내심과 같은 방법으로 왜 태어났을까도 생각했다. 그렇게 몇 년을 생각하다보니 마침내 알게 되었다.

'사람이 태어난 일은 논쟁으로 결론을 낼 수 있는 문제가 아니라, 하느님이 준 그냥 한 가지 사실일 뿐이다. 하느님은 우리에게 이 생명이라는 분명한 사실을 줄 때, 이미 그에 따른 결과도 준비해두었다. 때문에 죽음은 급하게 바란다고 이루어질 수 있는 일도 아니지만, 그럼에도 반드시 오게 되는 기념일이다.'

그렇게 생각하니 안심되었고, 눈앞의 모든 것이 더 이상 두렵지 않았다.

마치 새벽같이 일어나고 밤새 공부하며 준비한 시험이 끝나면 길고 긴 방학이 기다리고 있는 것 같은, 그렇게 생각하면 마음이 편해지고, 순서를 이렇게 배치한 것에 감사하고 안도하게 된다.

이제 남은 것은 나는 어떻게 살 것인가 하는 문제였다. 그런데 이 문제는 금방 알 수도 없고, 한 번에 해결할 수도 없다. 살아 있는 한 계속 생각해야 하는, 죽을 때까지 함께해야 하는 악마거나 연인 같은 존재가 아닐까 한다.

그렇게 15년이 흘렀다. 나는 여전히 그 공원을 간다. 공원의 나무 밑이나 잡초 옆이나 부서진 담장 옆에 가 조용히 앉는다. 멍하니 생각하기도 하고, 귀를 열고 주변의 소리를 들으며 복잡한 생각을 정리하고, 나의 영혼을 응시했다.

15년 동안 공원은 그곳을 전혀 이해하지 못하는 이들에 의해 제멋대로 단장되었다. 하지만 다행히 그 누가 와도 바꾸지 못하는 어떤 것들이 있다.

예를 들어 제단의 돌문 사이로 떨어지는 태양의 고요한 빛이 넓게 퍼지는 그 순간, 땅 위에 있는 울퉁불퉁한 모든 것들이 빛을 받아 찬란하게 빛나는 모습. 공원이 가장 적막하고 쓸쓸한 시간에 한 무리의 제비가 높이 노래를 부르면 그 소리로 온 천지가 처량해지는 광경. 겨울에 내린 눈 위에 찍힌 아이들의 발자국을 보고 누구일까, 어디서 무엇을 했을까, 이제 또 어디로 갔을까를 상상해보던 일. 우울할 때도 기쁠 때도 여전히 고요히 서 있던 검푸른 측백나무. 그 모든 것은 내가 태어나지도 않았던 그때부터 내가 이 세상에서 사라지고 난 뒤에도 변함없이 그곳에 서 있을 것이다.

또 폭풍우가 쏟아지면 공원에 퍼지는 단순하면서도 강렬한 풀냄새와 진흙냄새. 그 냄새는 숱한 여름의 일들을 떠올리게 한다. 가을바람이 불고, 서리가 내리고, 낙엽이 바람에 흩날리다가 땅에 조용히 누울 때면 향긋하면서도 쌉싸래한 내음이 온 공원에 가득 퍼진다.

냄새는 말로 설명하기 가장 어려운 감각이다. 가까이 다가가 맡아봐야 알 수 있다. 기억하기도 어렵다. 냄새를 직접 맡아봐야 그것에 담긴 모든 감정과 함의를 기억해낼 수 있다.

그래서 나는 늘 그 공원에 갔다.


❖ ❖ ❖


혼자 공원을 찾던 내 모습이 당시 어머니에게는 얼마나 보기 힘든 일이었을지, 이제야 겨우 헤아리게 된다.

어머니는 무조건 자식을 감싼다거나 혹은 자식의 마음을 이해하지 못하는 그런 어머니는 아니었다. 어머니는 내 마음속 고통과 번뇌를 알았고, 밖으로 나가는 나를 막아서는 안 된다는 것도 알았고, 집에만 있는 게 더 나쁘다는 것도 알았다. 그러면서도 나 혼자 공원에 가서 하루 종일 무슨 생각을 하는지 알 수 없어 걱정도 많으셨다.

그때 나는 엉망진창으로 뒤틀려 있었다. 귀신에 들린 듯 미친 듯이 집을 뛰쳐나갔다가, 공원에서 돌아와서는 꿀 먹은 벙어리처럼 한마디도 하지 않았다. 부모 자식 사이에도 쉽게 물어볼 수 없는 일이 있음을 아는 어머니는 몇 번을 망설였지만 결국에는 아무것도 묻지 않으셨다.

어쩌면 어머니 역시 해답을 모르셨으리라. 내가 당신과 함께 나가기를 원치 않는 것을 알기에 한 번도 그런 부탁을 하지 않았다. 내게 혼자 있는 시간도 필요하고 이런 과정도 겪어야 하는 것을 이해하셨다. 다만 이런 시기가 얼마나 오래 갈지, 또 이 과정의 끝에 무엇이 기다리고 있을지 알지 못하기에 늘 걱정하셨다.

매번 몸을 움직이려 할 때마다 어머니는 아무 말 없이 나를 도왔다. 나를 휠체어에 앉히고, 휠체어를 밀면서 대문을 나서는 모습을 지켜보셨다. 그런 다음에는 무엇을 하실지, 그때의 나는 생각조차 하지 않았다.

한번은 집을 나섰다가 잊은 게 있어서 다시 돌아온 적이 있다. 그때 어머니는 나를 배웅하던 모습 그대로 거기에 서서, 내가 나간 그 골목 끝을 보고 계셨다. 돌아온 나를 보고도 아무 반응도 보이지 않았다. 다시 내가 문을 나설 때 이렇게 말씀하셨을 뿐이다.

"나가서 움직이고, 공원에 가서 책을 보는 건 참 좋은 일이지!"

아주 오랜 시간이 지나서야 조금씩 그 말씀의 의미를 알게 되었다. 그것은 어머니 스스로를 위로하는 말이자 마음에 하는 기도였고, 내게 하는 부탁과 당부였다.

어머니가 세상을 떠나신 후에야 어머니의 마음을 생각해볼 여유가 생겼다. 내가 집에 없던 그 오랜 시간 동안 얼마나 불안하고 초조하셨을까? 아마도 고통과 두려움 속에서 할 수 있는 최대한의 기도를 드렸을 것이다. 당신의 지혜와 인내심으로 쓸쓸한 낮이 지나고 난 뒤의 밤과 불면의 밤이 지난 뒤의 또 다른 낮까지…… 온갖 생각들을 하다 스스로를 다잡으셨을 것이다.

'어쨌든 아들을 못 나가게 막을 수 없고, 앞으로의 날들은 그의 것이다. 만약 공원에서 정말 무슨 일이 일어난다면, 그 고난 역시 내가 짊어지고 갈 내 몫이다'라고.

그 세월 동안 어머니는 분명 최악의 일을 대비했을 것이다. 하지만 단 한 번도 당신의 마음도 헤아려달라는 말씀은 하지 않았다. 그리고 나 역시 정말로 한 번도 어머니의 입장에서 생각해보지 않았다. 그때의 아들은 어머니를 생각하기에는 너무 어렸다. 운명에 된통 얻어맞은 자신이 세상에서 가장 불행해서, 자식의 불행이 어머니에게는 그 몇 배가 된다는 것도 알지 못했다.

아들은 스물한 살에 갑자기 반신불구가 되었다. 어머니는 아마 기꺼이 아들 대신 자신이 불구가 되길 바랐겠지만 그럴 수 없는 노릇이다. 아들만 살 수 있다면 자신은 죽어도 괜찮다고 생각했을 것이다. 그냥 살기만 하는 것이 아니라, 아들이 행복을 찾아가야 한다고 생각했으리라. 그러나 아들이 그 길을 반드시 찾아낼 것이라고는 누구도 보장할 수 없다…… 이런 상황에서 어머니의 삶은 이미 누구보다 가장 고통스럽게 살도록 결정된 것이다.

한번은 어느 작가와 이야기를 나누다 글을 쓰게 된 동기가 무엇인지 물었다. 그는 잠깐 생각하더니 이렇게 말했다.

"어머니를 위해서. 어머니가 자랑스러워하시라고."

나는 그 말에 놀라 한참을 아무 말도 하지 못했다. 내가 처음 글을 쓰게 된 동기를 떠올려보니, 이 친구처럼 단순하진 않지만 나 역시도 그런 바람이 있었다. 더 깊이 생각해보니 그 바람이 꽤 큰 부분을 차지하고 있었다.

"내 동기가 너무 세속적이지?"

친구에 말에 나는 고개를 저었다. 세속적인 것이 아니라 오히려 너무 순진한 것이 아닌가라고 생각했다.

"그때는 정말 유명해지고 싶었어. 유명해져서 다들 어머니를 부러워하게 만들고 싶었어."

그는 나보다 단순했다. 또 그는 나보다 행운아다. 그의 어머니는 아직 살아 계시니까. 그의 어머니도 내 어머니보다 운이 좋았다. 나 같은 반신불구 아들이 없었으니까. 만약 그랬다면 그 친구도 그렇게 단순하지는 않았을 것이다.

처음 소설을 발표했을 때, 내 소설이 처음 상을 받았을 때, 그 순간마다 나는 어머니의 부재가 가장 아쉬웠다. 그런 마음 때문에 집에 있지 못하고 나는 또 디탄으로 갔다. 하루 종일 우울하고 무거운 마음으로 공원을 아무리 헤집고 다녀도 생각이 가라앉지가 않았다.

어머니가 2년만 더 사셨더라면? 아들 앞에 새로운 길이 열리는 그때, 어머니는 왜 더 버티지 못하셨을까? 이 세상에 와서 아들의 아픔만 나누고, 기쁨은 함께 누리지 못하고 이렇게 가시다니!

어머니는 겨우 마흔아홉 살에 내 곁을 떠났다. 한동안 나는 이 세상과 하늘에 원망과 미움만 품고 살았다. 한참 뒤에 나는 산문 〈자귀나무〉에 이렇게 썼다.

'작은 공원 속 조용한 숲에 앉아 눈을 감고 생각했다. 하느님은 왜 어머니를 이렇게 일찍 데려갔을까…… 오래 오래 그렇게 있다가 나는 답을 들었다. 어머니가 너무 힘들어해서 더는 볼 수가 없어 데려갔다고.
나는 위로받은 것 같았다. 눈을 뜨고 바람이 나무 사이를 가로질러 가는 것을 보았다.'

글 속의 그 작은 공원이 바로 디탄이다.
어머니가 돌아가신 계절이 되면 지난 일들이 선명해지고, 어머니의 아픔과 위대함도 내 마음속에 깊이 파고든다. 하느님의 배려는 아마도…… 맞았다.

나는 휠체어를 밀고 공원을 천천히 돌았다. 안개가 가득한 이른 아침에도, 태양이 하늘 높이 걸려 있는 낮에도 오직 한 가지만 생각했다.

'어머니는 이제 없다.'

나이 든 측백나무 옆에 앉아서, 풀밭 위 무너진 담 옆에 멈춰서, 또는 곳곳에서 풀벌레 울음소리가 들리는 오후와 새들이 집으로 돌아가는 저녁 무렵에도 마음으로 한 구절만 되뇌었다.

'그런데 이제 어머니는 안 계신다.'

휠체어를 아무렇게나 놓아두고 자는 듯 마는 듯 해가 질 때까지 누워 있다가, 또 앉아서 몽롱한 상태로 멍하니 공원 제단 위로 어둠이 내리고 천천히 달빛이 비칠 때까지 있다가 문득 알게 되었다.

'어머니는 이제 다시는 나를 찾아 이곳으로 오실 수 없다.'

공원에 너무 오래 있으면, 어머니는 나를 찾아 공원으로 오셨는데 혹여 당신이 온 것을 알아챌까봐, 내가 잘 있는 것만 확인하고는 바로 돌아가시곤 했다.

나는 그런 어머니의 뒷모습도, 여기 저기 살피는 모습도 여러 번 봤다. 시력이 나쁜 어머니는 두꺼운 안경을 쓰고 바다에 있는 배를 찾듯 여기저기 살폈다. 어머니가 나를 발견하기 전에 내가 먼저 어머니를 발견했고, 어머니가 나를 찾아냈을 때는 못 본 척했다. 조금 있다 고개를 들어보면 조용히 돌아가시는 어머니의 뒷모습이 보였다.

어머니가 나를 찾아 이 공원에 몇 번이나 오셨는지 나는 모른다. 한번은 낮은 풀숲 사이에 있었는데 풀이 워낙 빽빽해서 내 쪽에선 어머니가 보여도 어머니는 나를 찾지 못했다. 공원에 들어오신 어머니는 내 옆을 지나쳤고, 내가 자주 머물던 곳들을 가보았지만 나를 찾을 수 없자 발걸음이 다급해졌고 표정은 넋이 나갔다. 어머니가 얼마나 나를 찾아다녔고, 또 얼마나 더 찾아다닐지 나는 모른다.

그때 왜 어머니를 소리쳐 부르지 않았는지도 모르겠다. 어릴 때 하던 숨바꼭질은 분명 아니었는데. 어쩌면 다 큰 남자아이의 고집이나 수줍음이 아니었을까. 하지만 이 고집은 자부심이라고는 없는, 오로지 후회만 남겨주었다. 성장한 모든 남자아이들에게 말해주고 싶다. 어머니를 향한 이런 식의 고집이나 수줍음은 필요 없다고. 이제야 겨우 알게 되었는데, 이미 늦었다.

어머니의 자랑이고 싶다는 마음만은 정말 진심이어서, '유명해지고 싶다'라는 마음이 세속적이란 생각도 조금은 바뀌었다. 사실 이런 건 복잡한 문제이니 그냥 신경 쓰지 않으면 그만이다. 아무튼 소설이 상을 받는 흥분도 점차 가라앉자, 적어도 한 가지는 틀렸다는 믿음이 들기 시작했다. 나는 내가 종이와 펜으로 연 이 길이, 어머니가 내게 바라던 그 길은 아니라 믿었다. 그런데 그 생각이 틀렸다는 생각이

들기 시작했다.

　매일매일 이 공원에 와서 매일매일 생각했다. 어머니는 대체 내가 어떤 길을 찾길 바랐을까? 생전에 어머니는 영원히 지켜야 할 심오한 철학이나 교훈 같은 걸 말씀하신 적이 없었다. 다만 세상을 떠나시고 난 뒤, 어머니의 고단한 운명, 강인한 의지와 놀라운 사랑이 날이 갈수록 점점 더 깊고 선명하게 새겨졌다.

　어느 해, 바람에 낙엽이 떨어지던 10월의 어느 날, 나는 공원에서 책을 읽다가 산책하는 두 노인들의 이야기를 들었다.

　"이 공원이 이렇게 넓은 줄 미처 몰랐어."

나는 책을 내려놓고 생각했다. 이 넓은 공원에서, 어머니는 아들을 찾으려고 이 숱한 길을 얼마나 초조하게 걸었을까? 그 오랜 시간이 흐르고서야 처음으로 깨달았다. 공원 곳곳에는 나의 휠체어 바퀴 자국뿐 아니라, 휠체어가 지나간 자리마다 어머니의 발자취도 함께 남아 있음을.

❖ ❖ ❖

하루의 시간을 계절에 대응한다면, 봄은 이른 아침, 여름은 정오, 가을은 황혼, 겨울은 깊은 밤일 것이다. 악기로 비유한다면 봄은 트럼펫, 여름은 팀파니, 가을은 첼로, 겨울은 호른과 플루트가 아닐까 싶다.

이 공원 안의 소리를 계절에 대응한다면? 그렇다면 봄은 제단 위를 날아다니는 비둘기 소리, 여름은 길게 퍼지는 매미 소리와 그 소리를 비웃는 듯한 바람에 사그락거리는 사시나뭇잎 소리, 가을은 나이 든 건물 처마에 걸려 있는 풍경 소리, 겨울은 '따따닥' 나무를 찍어대는 딱따구리 소리다.

디탄공원의 정물을 계절에 빗댄다면, 봄은 하얗다가 또 검고 촉촉한 오솔길이고, 밝았다가 흐렸다가 하며 하늘에서 살랑살랑 흔들리는 버들개지이다. 여름은 햇빛을 받아 반짝이며 사람의 시선을 뺏는 쭉 늘어서 있는 돌의자거나, 서늘하고 푸른 이끼가 뒤덮인 돌계단이다. 돌계단 아래는 해바라기 씨 껍데기가 수북이 쌓여 있고, 위에는 누가 읽다 버리고 간, 반으로 접힌 신문이 놓여 있다. 가을은 청동으로 만든 종이다. 공원 서북쪽 귀퉁이에는 버려진 큰 종은 공원과 같은 나이로 온 몸이 푸른 녹으로 가득 덮여 있고, 문자는 이미 희미해져 알아보기 어렵다. 겨울은 숲속 빈터에서 놀고 있는 털이 덥수룩한 늙은 참새 몇 마리다.

마음은 어떻게 계절을 대해야 할까? 봄은 와병의 계절이다. 그렇지 않다면 사람은 봄의 잔인함과 갈망을 알아차리기 쉽지 않을 테니까. 여름은 연인들이 이별해야 하는 계절이다. 그렇지 않다면 사랑에 미안할 테니. 가을은 밖에서 꽃을 사와서 집 안에 놓고, 창문을 열어 햇빛을 방 안으로 들인 다음 곰팡이가 핀 물건들을 천천히 기억해내고 천천히 정리하는 계절이다. 겨울은 화로와 책을 옆에 두고, 절대로 무너지지 않겠다고 결심하고, 말로 할 수 없는 이야기를 편지로 쓰는 계절이다.

예술의 형식을 계절로 비유한다면 봄은 한 폭의 그림이다. 여름은 장편소설이고, 가을은 짧은 노래나 시 한 수, 겨울은 조각 작품이다.

꿈은? 꿈을 계절에 빗댄다면, 봄은 나뭇가지 끝의 외침이고, 여름은 외침 속의 가랑비이고, 가을은 가랑비 속의 땅이고, 겨울은 깨끗한 땅 위에 외로운 담뱃대다.

이 공원이 있어서 나는 늘 나의 운명에 감사한다.

나는 지금이라도 분명히 떠올릴 수 있다.

어느 날 어쩔 수 없이 오랫동안 이곳을 떠나게 되면 이 공원을 어떻게 그리워할지를. 어떻게 이 공원을 그리워하고, 꿈에서 어떻게 만날지를. 내가 이 공원을 그리워할 수도, 꿈에서도 볼 수도 없을 때 어떤 모습일지를 나는 알고 있다.

❖ ❖ ❖

15년 동안 이 공원을 빠지지 않고 온 사람들이 누구인지를 생각해 보았다.

나와 노부부뿐인 것 같다.

15년 전. 그들은 중년부부였고 나는 젊은 청년이었다. 두 사람은 언제나 저녁노을이 질 무렵에 산책을 나왔는데 어느 문으로 들어왔는지는 모르겠다. 다만 그들은 시계 반대방향으로 공원을 걸었다. 남자는 키가 크고 어깨가 넓고 다리가 길었다. 사타구니부터 목까지 몸을 곧게 펴고 한눈팔지 않고 앞만 보고 걸었다. 아내가 한쪽 팔에 매달리듯 잡고 걸어가는데도 그의 몸은 조금도 흐트러지지 않았다.

여자는 키가 작았고 그리 예쁘지는 않았다. 나는 아무 근거도 없이 내 맘대로 그녀가 쇠락한 명문가 출신일 것이라 생각했다. 작고 약한 아이처럼 남편의 팔에 매달려 걷는 그녀는 두려운 듯 사방을 두리번 거렸다. 작은 소리로 남편과 이야기하다가 누가 가까이 걸어오면 이내 이야기를 멈췄다. 가끔 그들을 보면 장발장과 코제트가 생각나기도 했다. 누가 봐도 두 사람은 아주 오래 같이 산 부부였다.

두 사람은 옷차림에도 꽤 신경을 썼지만 시대가 발전하면서 옷차림은 점점 예스럽고 소박해 보이기 시작했다. 그들은 나처럼 날씨와 상관없이 공원에 나왔고, 나보다 시간을 더 정확히 지켰다. 아무 때나 나왔던 나와 달리 두 사람은 항상 해가 막 질 무렵에 왔다.

바람이 부는 날에는 연한 베이지색 바람막이를 입었고, 비가 오는 날에는 검정 우산을 썼다. 여름에는 하얀 셔츠에 검은색 혹은 베이지색 바지를 입었고, 겨울에는 검정색 울 코트를 입었다. 이 세 가지 색을 좋아하는 것 같았다.

두 사람은 공원을 시계 반대방향으로 한 바퀴 돌고난 뒤, 집으로 돌아갔다.

내 근처로 걸어올 때면 남자의 발자국 소리만 들렸고, 여자는 키 큰 남편에 매달려 몸이 붕 떠서 움직이는 것 같았다. 두 사람도 분명 나를 알았겠지만 우리는 서로 이야기를 나눈 적도, 가까워지고 싶다는 표시를 한 적도 없다.

그들이 15년 동안 한 청년이 중년이 되는 모습을 주의 깊게 보았는지 모르겠지만, 나는 중년부부가 노년의 부부가 되는 모습을 부럽게 지켜보았다.


또 노래 부르기를 좋아하던 청년도 기억에 남는다. 나와 비슷한 또래였던 그는 몇 년 동안 매일 공원에 와서 노래를 불렀는데 어느 날부터는 볼 수 없었다.

보통 이른 아침에 와서 짧게는 30분, 길게는 오전 내내 노래를 부르다 가는 것으로 봐서 다른 시간에는 일을 하는 듯했다. 우리는 제단 동쪽에 있는 좁은 길에서 자주 마주쳤다. 그가 동남쪽의 높은 담장 아래서 노래하는 것을 내가 알고 있듯이, 그 또한 내가 동북쪽 숲 속에서 무언가 할 것이라고 추측했을 것이다. 내 자리를 찾아서 담배 몇 모금을 빨고 있으면 그가 신중하게 목을 가다듬는 소리가 들렸다. 그는 노래 몇 곡을 반복해서 불렀다.

문화대혁명이 미처 끝나지 않았을 때는 '푸른 하늘 위에 흰 구름이 흘러가고, 흰 구름 아래로 말들이 달린다……'라는 가사의 노래를 불렀는데, 어찌 된 일인지 나는 그 노래 제목이 도통 기억이 안 난다.

문화대혁명이 끝나고 난 뒤에는 가극 〈짐꾼과 아가씨〉 중에서 가장 인기 있는 노래를 불렀다. 그 노래의 도입부는 나도 알고 있는데, 그는 아주 힘차게 불렀다.

"내가 행운을 줄게, 내가 행운을 줄게, 행복을 위해 노래를 부르네……"

노래는 기술적으로는 완벽하다 할 수 없어서 가장 중요한 부분에서 조금씩 자주 틀렸다. 하지만 목청은 정말 좋아서 오전 내내 불러도 전혀 피로감이 느껴지지 않았다.

태양은 피곤하지도 않은지 쉬지 않고 부지런히 움직여 하늘 가장 높이 올라가 큰 나무 그림자를 짧게 줄여버리고, 길 위를 기어가는 지렁이도 무심하게 바짝 말려버렸다.

정오가 다가오면 우리는 제단의 동쪽에서 만나곤 했다. 그는 나를 보고 나는 그를 보고, 그는 북쪽으로 가고 나는 남쪽으로 갔다. 그렇게 하루하루 시간이 쌓이자, 우리 둘 다 서로를 알고 싶은 바람이 있다는 것을 느꼈다. 다만 서로 어떻게 입을 열지 몰라서 그저 눈치만 보고 그냥 스쳐 지나기를 몇 차례 반복했다.

그러던 어느 날, 특별함이라곤 전혀 없었던 보통의 날, 우리는 서로 고개를 끄덕였다. 그가 내게 "안녕하세요"라고 인사를 건넸고 나도 그에게 "안녕하세요"라고 말했다.

"이제 가세요?"라는 그에 말에 나는 "네, 당신은요?"라고 했고, 그도 "저도 이제 가야죠!"라고 답했다. 우리 둘 다 천천히 걸었고 —나는 휠체어 바퀴를 천천히 밀었다— 몇 마디 더 말하고 싶었지만 무슨 말을 해야 할지 몰랐다. 우리는 그렇게 상대방을 지나쳤고, 또 둘 다 뒤돌아 상대를 바라보았다.

"그럼 다음에 또 봐요!"

"네. 그래요!"

그렇게 서로 웃으며 각자의 길을 갔다.

그런데 그날 이후 우리는 다시 보지 못했고, 공원에서 그의 노래 소리도 들을 수 없었다. 그때서야 나는 그날의 인사가 어쩌면 나에게 작별을 고한 것이 아닐까 생각했다. 혹시 문화공연단이나 예술단에 붙었을까? 정말로 그가 부른 노래처럼 그에게 좋은 운을 주고 싶었다.

그리고 자주 공원에 오던 다른 사람들도 생각난다. 특히 진정한 술

꾼이었다 할 노인은 보통 정오가 지날 무렵 허리춤에 도자기병을 차고 공원에 왔는데, 병은 당연히 술로 가득 찼다.

　그는 공원 이곳저곳을 마구 다녀서 주의 깊게 보지 않는다면 공원에 이런 노인이 여러 명 있다고 생각할 것이다. 다만 그의 비범한 음주 모습을 본 이후라면 여럿이 아니라 한 사람이라는 걸 알게 될 테지만. 복장은 아무리 좋게 봐줘도 편하게 입었다는 수준에도 한참 못 미쳤고 걷는 모습도 제멋대로였다. 비틀거리며 5~60미터쯤 걷다가 적당한 곳을 찾으면 돌 의자나 흙더미 또는 나무둔치에 한 발을 올리고 허리춤의 술병을 꺼낸다. 병뚜껑을 열기 전에는 눈을 가늘게 뜨고 180도 시각 내에 사물을 세세하게 둘러본다. 그런 다음 번개보다 빠르게 술병을 입에 대고 꿀꺽 한 모금을 마신 다음, 술병을 다시 허리춤에 끼워 넣는다. 그런 다음 침착하게 잠깐 무언가 생각을 하고 다시 5~60미터를 걸어갔다.

　그리고 새를 잡던 한 남자. 그 시절 공원에는 사람보다 새가 훨씬 더 많았다. 그는 공원 안 서북쪽 숲속에 큰 망을 펼쳐놓았는데, 새가 그 위에 부딪히거나 깃털이 끼이면 움직이지 못한다. 과거에는 많았지만 지금은 아주 보기 힘든 새만 잡기 때문에, 다른 새들은 걸리면 바로 풀어주었다. 그의 말로는 자기가 기다리는 새는 지난 몇 년간 한 번도 보지 못했는데, 1년만 더 기다려보자 하다 보니 어느새 이렇게 긴 시간이 흘렀다고 했다.

이른 아침과 저녁 무렵이면 한 중년여성을 볼 수 있었다. 이른 아침 북쪽 문으로 들어와 남쪽으로 공원을 가로질러 출근했고, 저녁 무렵에는 반대로 남쪽에서 북쪽으로 가로질러 집으로 돌아갔다. 사실 직업도 학력도 모르지만, 왠지 그녀는 이공계 출신의 지식인이고 엔지니어일 것 같았다. 소박하면서도 보통 사람에게서는 볼 수 없는 우아하고 뭔가 특별한 분위기가 느껴졌다. 그녀가 공원을 가로질러 갈 때면 사방의 나무들도 더 조용해지는 것 같았고, 맑고 깨끗한 햇빛 속에서 〈엘리제를 위하여〉 같은 아름다운 피아노 소리가 들리는 것 같았다. 그녀의 남편을 본 적은 없다. 그 행운의 남자가 어떻게 생겼는지 모르고, 상상해보았지만 상상이 되지 않았다. 나중에 생각해보니 차라리 상상하지 못한 것이 나았고, 현실이든 상상이든 나타나지 않는 게 최선이었다. 북문을 통해 집으로 돌아가는 그녀가 귀가하자마자 부엌에서 발을 동동 구르며 일하지 않을까 걱정되었다. 하지만 어쩌면 부엌에서 노동하는 장면도 또 다른 아름다운 모습일 것이다. 그때는 〈엘리제를 위하여〉가 아니라 어떤 곡이 어울릴까?

그리고 또 한 사람, 내 친구가 있다. 내가 아는 가장 뛰어난 재능을 가진 장거리 달리기 선수지만 시대를 잘못 만나 그만 묻혀버리고 만 사람. 문화혁명 시절에 조심성 없이 내뱉은 말 때문에 몇 년간 감옥살이를 했고, 나중에 어렵게 삼륜차 짐꾼 일을 얻었지만 남들과 동등한 대우를 받지 못하는 상황을 힘들어하다 달리기를 시작했다. 당시 그는 항상 공원에 와서 달렸는데, 그때마다 내가 기록을 재주었다. 친구가 달리기를 시작하며 나를 향해 손을 흔들면 나는 시간을 쟀다. 한 번 달릴 때마다 공원을 20바퀴 돌았는데 그 거리는 대략 20킬로미터 정도였다.

그는 달리기를 통해 정치적으로 진정한 해방을 얻기를 희망했다. 성적만 좋으면 기자들이 사진과 글로 그를 도와 문제를 해결해줄 것이라 믿었다. 처음 참가한 설날 기념 달리기 대회에서 그는 15등을 했다. 베이징의 가장 번화가인 창안제長安街에 있는 신문국 창문에 10등까지 사진이 걸린 것을 보고 그는 믿음이 생겼다. 두 번째 해에 4등을 했고, 신문국 창문에 3등까지 사진이 걸렸지만 그는 결코 실망하지 않았다. 세 번째 해 7등을 했고, 6등까지 사진이 걸리자 그는 자신을 원망했다. 네 번째 해에 3등을 했지만 창문에는 1등 사진만 걸렸고, 다섯 번째 해에 그는 마침내 1등을 했지만 절망하고 말았다. 신문국 창문에 달리기에 참가한 모든 선수의 단체 사진만 걸린 것이다.

그 세월 동안 우리는 이 공원에 와서 함께 밤늦게까지 있었다. 마음속 말들을 꺼내며 한탄하고 욕을 했고, 실컷 욕을 한 다음 조용히 집으로 향했다. 헤어질 때 서로에게 당부했다. 일단은 죽지 말고, 조금 더 살아가보자고…….

이제 그는 더 이상 달리지 않는다. 나이가 많아서 빨리 달릴 수도 없다. 서른여덟 살 때 마지막으로 참가한 달리기 대회에서 그는 신기록을 세우며 1등을 했다. 그때 한 코치가 이렇게 말했다.

"당신을 10년만 일찍 발견했더라면 얼마나 좋았을까요?"

그의 말에 친구는 씁쓸하게 웃었을 뿐 아무 말도 하지 않았다 한다. 다만 그날 저녁에 공원으로 찾아와 이 이야기를 담담하게 들려주었다.

그를 못 본 지도 몇 년이 됐다. 지금 그는 아내와 아들과 함께 아주 먼 곳에서 살고 있다.


앞에서 말한 사람들은 이제 공원에 오지 않는다. 공원 안은 이제 완전히 새로운 사람들로 바뀌었다.

15년 전의 옛 사람들 중에서 이제 나와 그 노부부만 남았다. 어느 날인가부터 아내가 나오지 않더니 한동안 저녁 무렵 남편 혼자 산책을 했다. 걷는 모습이 예전과 달리 느려지고 기운이 없어서 필시 아내에게 무슨 일이 생긴 것이라 걱정을 했다. 다행히 겨울의 어느 날 아내가 다시 나왔다. 두 사람은 여전히 시계반대 방향으로 공원을 걸었다. 길고 짧은 두 개의 그림자는 마치 시계의 시침과 분침 같았다. 아내의 머리는 하얗게 변했지만, 여전히 남편의 팔에 매달려 아이처럼 걸었다. 그런데 '매달려'라는 단어는 그다지 적당하지 않은 것 같다. 어쩌면 '부축하며'라는 단어가 좋을 것 같다.

이 두 뜻을 다 갖고 있는 단어는 없을까?

❖ ❖ ❖

그 아이도 잊지 못한다. 아름답지만 불행한 소녀.

15년 전, 어느 오후. 공원에서 처음 본 그 소녀는 대략 세 살 정도 였다. 아이는 공원 안 재궁齋宮 서쪽 편 길 위에 쪼그리고 앉아 나무 에서 떨어진 꽃을 만지고 있었다. 길에는 커다란 모감주나무 몇 그루 가 있었는데, 마침 봄이라 작고 가는 노란 모감주 꽃이 빼곡하게 피 어 있었다. 땅에 떨어진 꽃들은 세 개의 꽃잎으로 감싸 만든 작은 초 롱 같았다. 모감주나무 꽃은 처음에는 초록색이었다가 점차 하얀색 으로 변하고 다시 노란색으로 변한다. 그리고 성숙해지면 그 노란 색 깔 그대로 땅에 떨어진다. 그 모양이 얼마나 사랑스러운지 어른들도 지나가다 하나씩 주워들었다.

아이는 혼자 중얼거리며 꽃들을 주웠다. 아이의 목소리는 정말 듣 기 좋았다. 그 나이대 아이들처럼 날카로운 소리가 아니라 둥글고 부 드럽고 심지어 풍성하고 묵직하기까지 했다.

어쩌면 그날 오후의 공원이 너무 조용했기 때문일지도 모른다. 어 린아이 혼자 공원에서 놀고 있는 게 이상해서 어디 사느냐고 묻자, 아이는 손가락으로 가리키면서 큰 소리로 오빠를 불렀다. 담을 따라 무성하게 자란 잡초 사이에서 예닐곱 살쯤 되는 남자아이가 벌떡 일 어나더니 내 쪽을 쳐다보았다. 내가 나쁜 사람 같지 않았는지 오빠는 동생에게 말했다.

"나 여기 있어!"

그러곤 다시 풀숲으로 몸을 숙였다. 사내아이는 풀숲에서 사마귀, 메뚜기, 매미와 잠자리를 잡아와 동생을 기쁘게 해주었다.

그렇게 2, 3년 동안 나는 모감주나무 아래에서 노는 남매를 자주 보았다. 둘은 항상 같이 다니며 사이좋게 놀았고, 같이 조금씩 자랐다. 시간이 지나 그 뒤로 몇 년간 둘을 볼 수 없어, 둘 다 학교에 갔을 것이라 생각했다. 어린 소녀도 학교에 갈 나이가 되었으니 이제 예전처럼 이곳에 와서 맘껏 뛰어놀 수는 없으리라. 자연스러운 일이기에 마음에 크게 담아두지 않았다.

어느 해 공원에서 그 남매를 다시 만나지 않았다면 아마 나는 천천히 그들을 잊었을 것이다.

어느 일요일 오전. 그날은 날씨가 너무 좋았고, 그만큼 마음이 아팠던 오전이었다. 나는 오랜 세월이 흘러서야 그 예쁜 소녀에게 지적 장애가 있음을 알게 되었다. 휠체어를 밀며 모감주나무 아래에 갔을 때는 마침 온 사방에 꽃이 가득 떨어지는 계절이었다. 당시 나는 소설의 결말 때문에 고심하던 참이었다. 결정해둔 결말이 갑자기 마음에 들지 않고, 그런 결말을 내기 싫어서 집에서 나왔다. 공원의 고요함 속에서 소설의 결말을 다시 생각하고 싶었다.

휠체어를 멈춰선 앞에 몇몇 아이들이 한 소녀를 놀리는 것이 보였다. 괴상한 모습으로 겁을 주기도 하고, 소리치거나 웃으며 소녀를 쫓아가 막기도 했다. 소녀는 놀라고 당황해서 나무들 사이를 이리저리 뛰어다녔다. 가슴팍에 치맛자락을 꼭 말아 쥐고 있어서 두 다리가 다 드러났는데도 모르는 듯했다. 나는 그 소녀가 지적장애가 있음을 알아챘지만, 그 아이를 바로 알아보지 못했다. 소녀를 도와주려고 휠체어를 밀고 가는데 멀리서 한 소년이 자전거를 빠르게 몰며 오는 게 보였다. 그러자 소녀를 놀리던 아이들은 도망갔다. 소년은 자전거를 소녀 옆에 세우고 화난 표정으로 도망간 아이들을 쳐다보았다. 한마디 말없이 거칠게 숨을 몰아쉬었고, 얼굴은 폭풍우가 오기 전의 하늘처럼 점점 더 어둡고 창백해졌다. 그제야 나는 그들을 알아보았다.

그때 그 남매였다. 나는 놀랐다, 아니 어쩌면 슬펐다.

세상의 일들은 종종 신의 의도와 생각을 의심하게 만든다.

소년이 동생을 향해 걸어가자 소녀가 손을 놓았다. 그러자 꼭 잡고 있던 치맛자락이 아래로 떨어지면서 소녀가 주워 담았던 수많은 꽃들이 날리며 소녀의 발을 덮었다. 소녀는 여전히 예뻤지만 두 눈동자는 빛나지 않았다. 소녀는 멍하니 도망치는 아이들을 바라보았고, 눈길이 닿는 그곳의 적막함을 바라보고 있었다.

소녀의 지적 능력으로는 이 세상을 이해하기 어려울 것이다. 나무 아래에서 햇빛이 별처럼 부서지고, 바람이 땅 위에 떨어진 꽃잎을 멀리 날려버렸다. 꽃잎이 날리는 모습은 소리 없이 울리는 방울들 같았다. 소년은 동생을 자전거 뒤에 앉히고는 아무 말 없이 그녀를 데리고 집으로 돌아갔다.

무언無言이 옳다. 신이 아름다움과 지적장애라는 두 가지를 소녀에게 주었다면, 그저 아무 말 없이 그리고 집으로 가는 것이 맞다.

누가 이 세상을 다 이해할 수 있을까? 세상에는 말로 할 수 없는 일들이 너무나 많다. 왜 이런 고통을 인간에게 주느냐고 신을 원망할 수도 있다. 또 고통을 없애기 위해 노력하고 분투하고 그로 인해 숭고함과 자부심을 누릴 수도 있다. 하지만 한발 더 들어가 생각하면 더 깊고 깊은 미망에 빠지고 말 것이다.

만약 이 세상에 고난이 없다면, 세상은 존재할 수 있을까? 우매함이 없다면 영민함이 뭐 그리 대단한 자랑이겠는가? 추함이 없다면 아름다움은 어떻게 그만의 행운을 유지할 수 있을까? 악함과 비천함이 없다면 선함과 숭고함은 어떻게 경계를 정하고 또 어떻게 미덕이 될 수 있겠는가? 장애가 없다면 건강함은 너무 흔해서 지루하고 무미건조한 단어가 되지 않을까?

나는 늘 인간세상에서 장애가 완전히 사라지기를 꿈꾼다. 하지만 그렇게 되면 장애인이 받았던 그 고통을 병든 사람이 대신 받게 될 것이라 생각한다. 만약 병든 이들도 다 사라지게 만든다면 그 고통은 다른 사람이 이어받게 될 것이다. 예를 들어 외모가 뒤떨어지는 사람들이 그것을 감당하게 될 것이다.

그렇다면 추악함과 우매함과 비천함은 물론 사람들이 싫어하는

사물과 행동 모두를 다 사라지게 만들어서, 세상 모든 사람들이 건강하고 아름답고 똑똑하고 고상하다면 그 결과는 어떨까? 그리 되면 인간사의 온갖 다양함은 전부 끝나지 않을까? 다름과 차이가 사라진 세상은 죽은 물과 같다. 감각도 없고 사물을 키울 양분이 없는 죽은 사막과 같다.

이 세상에서 다름과 차이는 늘 언제까지 있어야 할 것 같다. 그로 인해 어쩔 수 없이 고통받아야 할 것 같다. 인류의 모든 레퍼토리는 그것을 필요로 하고, 그 존재 자체를 필요로 한다. 이번에도 신이 옳은 것 같다.

그래서 가장 절망적인 결론만이 여기 남았다.

누가 이런 고통을 담당하는 역할을 할까? 또 누가 나서서 이 세상의 행복과 오만과 즐거움을 체현할까? 그저 우연에 맡길 뿐이다. 자신 있게 말할 수 있는 훌륭한 도리 따위는 없다.

운명을 말하는 데 공정함을 논할 수는 없다.

그렇다면 모든 불행한 운명을 구원해줄 길은 대체 어디 있을까?

만약 지혜나 깨달음이 우리를 이끌어 구원을 찾게 해준다면, 모든 사람이 다 그런 지혜와 깨달음을 얻게 되는 것일까?

나는 추녀가 미인을 만들었다고 생각한다.

우매함이 지혜로운 자를 만들었고, 필부가 영웅을 지탱하고 돋보이게 만들었다 생각한다. 나는 중생이 부처를 만들었다고 생각한다.

＊ ＊ ＊

이 공원을 지키는 신이 있다면 아마 오래전부터 나를 지켜보고 있었을 것이다.

아주 오랫동안 나는 이 공원을 찾았다. 때로는 가볍고 즐거웠고, 때로는 무겁고 힘들었고, 때로는 유유자적했고, 때로는 황망하고 쓸쓸했고, 때로는 평온했고, 때로는 자신 있었고, 때로는 유약했고, 때로는 미망에 빠졌다.

많은 것들이 있을 것 같지만 사실은 단 세 가지 문제가 그렇게 괴롭히면서 나를 따라다녔다.

첫 번째는 이제 그만 죽을까?

두 번째는 왜 살아야 하나?

세 번째는 대체 왜 글을 쓰려 하는가?

지금도 이 세 가지 명제는 여전히 나와 얽혀서 함께하고 있다.

사람들은 말한다. 죽음은 그렇게 급하게 가서 해야 할 일이 아니고, 아무리 시간을 늦추고 피하려 해도 절대 피할 수 없는 일이니 우선은 한번 살아보는 것이 어떻겠느냐고.

맞다. 정답은 아니더라도 적어도 아주 핵심적인 부분이다.

그런데 왜 꼭 살아봐야 하는가? 그저 아쉬워서가 아닐까.

기회는 얻기 어려운데 해보지도 않고 어떻게 알겠는가? 다리가 끝장났다고 모든 게 다 끝나야 하는가? 죽음의 신은 아주 약속을 잘 지킨다. 한번 해본다고 해서 손해가 더 생기는 것도 아니고, 혹시 다른 좋은 점이 있을지 누가 알아?

그렇게 생각하니 마음이 편해졌고, 자유로워졌다.

글은 왜 써야 하나? 작가는 모두에게 존중받는다. 누구나 다 아는 사실이다. 휠체어에 앉아 공원 깊은 곳에 숨어 있는 사람이 다른 사람 눈에 조금이라도 빛나 보이고, 사람들이 보기에 조금 나아보이라고. 설사 죽더라도 이야기라도 해보고 싶다고…….

처음 시작은 이런 마음이었다. 이런 마음은 이제 와서 숨길 필요도 없다.

나는 노트와 펜을 챙겨 공원에서도 사람들의 방해가 가장 적은 구석을 찾아가 몰래 몰래 글을 썼다. 노래를 부르던 그 청년이 멀지 않은 곳에서 노래를 불렀다. 누군가 가까이 다가오면 얼른 노트를 덮고 펜은 입에 물었다. 제대로 쓰지도 못하고 그냥 끝이 날까 두려웠다.

나는 체면을 소중히 여기는 사람이다. 그런데 글을 썼고 발표도 했다. 사람들이 나쁘지 않다고 했고, 어떤 이는 이렇게 잘 쓸지 몰랐다고도 했다. 나는 마음속으로 '당신들이 생각지도 못한 일들이 아직 많이 있다'라고 말했다. 정말 기뻐서 밤새 잠을 이루지 못했다. 이 상황을 그 노래하는 청년에게 정말 말해주고 싶었다. 당신의 노래도 나쁘지 않으니 언젠가는 좋은 일이 있을 거라고. 달리기 선수 친구에게 이 얘기를 하고 있을 때, 그 중년의 여성 엔지니어가 우아하게 공원을 가로질러 가는 모습이 보였다. 내 친구는 몹시 흥분해서 내 손을 잡고 말했다.

"좋아! 나는 필사적으로 달릴 테니, 너도 필사적으로 써!"

그날 이후로 나는 글쓰기에 완전히 홀렸다. 하루 종일 어떤 일을 쓸 수 있을까, 어떤 사람을 소설에 담을 수 있을까만을 생각했다. 정말이다. 나는 완전히 빠져 있었다. 어디를 가든, 무엇을 생각하든, 인산인해 속에서도 오로지 소설만을 찾았다. 사람을 보면 시약 한두 방울 떨어뜨려서 소설이 되는지 확인할 수 있는 소설 시약試藥이 있었으면 좋겠다고 생각했다. 이 세상 아무데나 뿌려서 어디에 글감이 있는지 알아낼 수 있는 소설 현상액이 있으면 좋겠다고 생각했다. 나는 정말로 글쓰기에 미쳤었다.

그때의 나는 오로지 쓰기 위해서 살았다. 그 결과 몇 편의 소설을 발표했고 약간의 명성도 얻었다. 그러자 조금씩 두려워지기 시작했다. 갑자기 내가 삶의 인질이 된 것 같았다. 간신히 겨우 사람처럼 살게 되었는데 갑자기 어떤 음모로, 언제 처벌을 받을지, 언제 끝장날지 몰라 두려워하는 인질이 된 기분이었다. 좀 있으면 소재가 고갈되고 말 것 같아 두려웠다. 뭘 믿고 계속 쓸 수 있다고 생각해? 이런 반신불수 장애인의 눈앞에 적당한 소재가 계속 나타날 것이라고, 어떻게 자신해? 인간 세상의 모든 것들이 고갈될 위험에 있는데, 이렇게 작은 공원에 앉아서 무엇으로 한 편 또 한 편 계속 쓸 수 있겠어?

다시 죽음을 생각했다. 그만 하고 싶었다. 인질로 사는 것이 너무 피곤했다. 긴장의 연속이었고, 앞날을 보장할 수 없었다. 지금껏 쓰기 위해 살아왔는데, 만약 글 쓰는 것이 내가 할 일이 아니라면? 그렇다면 계속 살아가는 것이 너무 위험하고 너무 바보 같은 일이 아닐까 싶어졌다.

이런 생각을 하면서도 쥐어 짜내서라도 계속 쓰고 싶었다. 어쨌든 이제 다 말라가는 수건을 비틀어 가까스로 물기를 짜내며 살았다. 하루하루 두려움은 더해갔다. 언제든 끝이 날 것 같은 느낌은 끝남 그 자체보다 훨씬 두려웠다. 죽음 자체보다 죽음을 기다리는 게 더 두려운 법이다. 나는 죽는 게 낫다고 생각했고, 태어나지 않는 게 낫다고 생각했고, 이 세상이 아예 없는 게 낫다고 생각했다. 그렇지만 나는 죽지 않았고, 죽음은 급히 서둘러야 할 일도 아니라는 생각도 들었다. 하지만 서두르지 않아도 되는 일이라고 해서 반드시 지연해야 한다는 법은 없다!

이렇게 오락가락 결정을 못하는 마음은 무엇을 설명하는 것일까?

맞다! 나는 아직 살고 싶었다. 사람은 왜 사는가? 살고 싶기 때문이다. 사실은 그렇게 단순하다. 인간의 다른 이름은 욕망이다.

그런데 나는 죽음이 두렵지 않다. 가끔은 정말로 두렵지 않다. 가끔은…… 정말이다.

죽음이 무섭지 않은 것과 죽고 싶은 것은 다른 문제다. 가끔 죽음이 두렵지 않은 사람은 있지만 태어나서부터 계속 죽음이 두렵지 않은 사람은 없다. 나는 때로는 살아가는 게 무섭다. 하지만 살아가는 게 무서운 것과 살고 싶지 않다는 또 다르다.

그러면 나는 왜 살고 싶을까? 그건 살아서 무언가를 하고 싶고, 또 나도 조금은 뭔가 얻을 수 있을 것 같아서다. 예를 들어 사랑이나 가치 같은 것들…….

인간의 다른 이름은 욕망이다. 그게 나쁜가? 나는 무언가를 얻어서는 안 되나? 누구도 안 된다고 말하지 않는다. 그런데 나는 왜 사는 게 두렵고, 인질 같다고 느끼는 것일까?

한참 후에 나는 내가 틀렸다는 것을 알게 되었다. 글을 쓰기 위해 사는 것이 아니라, 살기 위해 글을 썼다는 것! 나는 아주 우습게 그 사실을 알게 되었다. 그날 내가 또 죽는 게 낫겠다고 하자 친구가 나를 달래며 말했다.

"넌 죽으면 안 돼! 넌 글을 써야 하잖아. 여전히 아주 많은 작품들이 네가 써주길 기다리고 있어."

그때 갑자기 깨달았다. 아. 나는 살아 있기 때문에 어쩔 수 없이 글을 써야 하는구나. 아니면 계속 살고 싶어 어쩔 수 없이 글을 쓴다고도 할 수 있겠다. 맞아.

이렇게 생각하고 나니 더 이상 그렇게 두렵지 않았다. 누군가 말한 대로 죽고 나면 모든 게 가벼워지는 것처럼? 인질이 자신을 향한 음모에 가장 효과적으로 대처할 수 있는 방법은 스스로 목숨을 끊는 것이다. 나는 먼저 나를 이 시장에서 죽이고 나면, 그 다음에는 시장의 흐름에 따라갈 필요가 없다는 것을 알게 되었다.

나는 계속 쓸까? 아마도 그럴 것이다. 정말 어쩔 수 없이 쓰는 것인가? 사람은 누구나 생존을 위해 무언가 기댈 이유를 찾는다. 이제 더 이상 소재의 고갈을 걱정하지 않느냐고 묻는다면, 모르겠다. 다만 살아가는 문제는 죽기 전에는 결코 끝나지 않는다고 생각한다.

그럼 됐다. 나는 더 이상 두렵지 않고, 더 이상 인질도 아니다. 나는 자유다.

무슨 소리? 내가 어떻게 자유로울 수 있겠어? 인간의 다른 이름은 욕망임을 잊지 말길. 그러니 알아야 한다. 두려움을 없애는 가장 효과적인 방법은 욕망을 없애는 것이다. 하지만 나는 또 알고 있다. 인성을 없애는 가장 효과적인 방법은 바로 욕망을 없애는 것이란 걸. 그렇다면 욕망을 없애는 동시에 두려움도 없앨까? 아니면 욕망을 남기고 동시에 인성도 남길까?

나는 공원에 앉아 공원의 신이 내게 하는 말을 들었다.

'열정을 가진 배우는 인질일 수밖에 없다. 감상을 아는 관객은 배우의 한바탕 음모를 교묘하게 부숴버린다. 무미건조한 연기를 하는 배우들은 자신은 이 연극과 관계가 없다고 생각한다. 운 나쁜 관객은 무대와 너무 가까이 앉아 있는 이들이다.'

나는 이 공원에 앉아 있고, 공원의 신은 오랜 세월 동안 말했다.

'얘야, 이건 정말 별거 아니란다. 이건 그저 너의 죄업이고 또 행복일 뿐이란다.'

❖ ❖ ❖

나의 디탄!

말하지 않았다 해서, 내가 잊었다고 오해 말길. 나는 아무것도 잊지 않았으니까.

다만 어떤 일은 마음에만 담아두어야 한다. 말할 수도 없고 생각해서도 안 되지만 절대 잊을 수는 없는 일이 있다. 그것들은 언어로 변할 수 없고, 언어로 바꿀 방법도 없다. 또 일단 언어로 변하면 더 이상 그들이 아니게 된다. 그것은 몽롱하고 아련한 따뜻함이고 적적함이고, 성숙한 희망과 절망이다. 그것의 영지는 오직 두 곳뿐이다. 마음과 무덤이다. 우표는 편지를 붙이는 데 사용하지만 어떤 것은 소장용으로만 두는 것과 같다.

지금 휠체어를 밀며 공원을 천천히 돌아다니다 보면 늘 비슷한 감정이 든다. 나 혼자 나와서 너무 오래 논 것 같은 느낌.

어느 날 오래된 앨범을 정리하다 십 수 년 전에 이 공원에서 찍은 사진을 발견했다. 측백나무를 배경으로 휠체어에 젊은 청년이 앉아 있고, 저 멀리 공원의 제단이 보였다. 나는 그 사진에 있는 측백나무를 찾아보았다. 사진 속 측백나무는 금방 찾아냈지만 이미 죽었고, 몸은 굵은 넝쿨이 칭칭 감고 있었다.

어느 날 공원에서 한 할머니를 만났다. 그분은 나를 보자 대뜸 말했다.

"어! 아직도 여기 있네! 어머니는 잘 계시고?"

"누구세요?"

"자네는 나를 모르겠지만 나는 기억하는데……. 한 번은 어머니가 자네를 찾아 여기 왔었어. 나한테 휠체어를 밀고 가는 아이 못 봤냐고 물었지."

그때 갑자기 나 혼자 이 세상에서 정말 너무 오래 놀았다는 생각이 들었다.

또 한 번은 밤에 혼자 제단 근처 가로등 아래에서 책을 읽고 있는데, 갑자기 칠흑같이 어두운 제단 쪽에서 나팔소리가 울려 퍼졌다. 그곳은 사방이 온통 하늘 높이 우뚝 솟은 고목으로 둘러싸여 있고, 수백 평의 넓고 뻥 뚫린 평지 위에 네모난 제단이 하늘과 독대하고 있는 곳이다. 나팔을 부는 이는 보이지 않았고, 오로지 나팔소리만 별이 빛나는 한밤에 낮고 높게 울려 퍼졌다. 그 소리는 슬펐다가 기뻤다가, 부드럽게 퍼지다가 갑자기 서글펐다. 사실 이 몇 단어로는 표현이 불가능했다. 나팔소리의 과거의 울림, 현재의 울림, 미래의 울림을 분명히 들을 수 있었다. 그 소리는 귓가를 빙빙 돌면서 아주 오랫동안 사라지지 않았다.

분명 어느 날, 내게 이제 돌아가라고 하는 소리를 들을 수 있을 것이다.

그때 한 아이를 상상해보자. 아이는 노느라 피곤했지만 아직도 더 놀고 싶고, 마음은 온갖 호기심으로 가득해서 내일까지 기다리지 못하는 상황이다. 아무 원망도 두려움도 없이 자신의 영원한 안식처로 걸어가는 노인도 한번 상상해보자. 또 사랑에 빠져 있는 연인도. 둘은 서로에게 잠시도 떨어질 수 없다고 말하고 시간이 벌써 이렇게 됐냐고도 말한다. 시간이 이렇게 됐으니 잠시도 떨어질 수 없고, 잠시도 떨어지기 싫은데, 시간은 이르지 않다.

내가 돌아가고 싶은 건지 잘 모르겠다. 생각하고 싶은지 아닌지, 아니면 둘 다 아무 상관없는지도 잘 모르겠다. 내가 아이 같은지 아니면 노인 같은지, 아니면 그 연인들 같은지도 잘 모르겠다. 어쩌면 나는 그 모두일 것이다. 나는 동시에 그들 세 사람이다. 내가 이곳에 올 때는 아이였다. 아이 같은 생각으로 울고 소리치고 부산스럽게 오려고 한다. 이 세계를 보고 나면 아이는 바로 연인이 된다. 그런데 연인에게는 아무리 긴 시간이라도 순식간에 지나간다. 그때 알게 된다. 내딛는 모든 걸음은 결국은 돌아가는 길이라는 것을. 나팔꽃이 막 피어난 계절에 장례식의 나팔소리는 이미 울려 퍼지고 있음을.

하지만 태양은, 태양은 매시 매 순간마다 지고 또 동시에 떠오른다. 태양이 서서히 산 저편으로 사라지며 모든 빛들을 거두어가는 순간, 다른 한편에서는 태양이 산을 타고 올라와 서서히 빛을 발하며 온 세상에 퍼져나간다. 그 어느 날, 나도 지팡이를 잡고 조용히 산을 내려가게 될 것이다. 그리고 또 어느 날, 어느 산골짜기에서는 품에 장난감을 안고 신나게 산으로 뛰어올라오는 아이가 있을 것이다.

물론, 그건 내가 아니다.

하지만, 그게 내가 아닐까?

우주는 이 멈추지 않는 욕망의 춤과 노래로 영원히 계속된다. 이 욕망이 어떤 한 사람의 이름으로 불릴지는 별로 중요하지 않다.

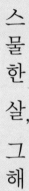

스
물
한
살,

그
해

스물한 살 되던 그해,

신은 내게 이미 일깨워주었다.

신은 일찌감치 마련해둔 탈 동화급 현실과

끊임없는 수수께끼의 단서를 살짝 보여주었다.

우의友誼병원 신경내과 병동에는 12개의 병실이 있다. 나는 1, 2호실을 제외하고 나머지 10개 병실에 모두 입원해보았다. 물론 절대로 자랑은 아니다. 제아무리 오만한 사람이라도 병실 침대에 누우면 모두 겸손해진다. 중환자실인 1호실과 2호실은 언제라도 하늘나라로 가도 전혀 이상하지 않은 환자들이 있는 병실이다. 신은 내가 그곳에 가기에는 아직 이르다고 판단한 듯했다.

19년 전, 나는 아버지의 부축을 받고 처음 그 병원으로 들어섰다. 그때는 아직 걸을 수 있었다. 다만 무척 힘이 들었고 보는 이들의 마음을 아프게 하는 걸음걸이였다.

그때 나는 결심했다. 완치되든지 죽든지 절대로 이런 모습으로 이 병원을 나가지는 않겠다고.

마침 정오였다. 병실에는 환자들의 낮은 코고는 소리 외에는 간호사들의 가벼운 발걸음 소리뿐이었다. 하얗고 깨끗한 병실을 비추는 햇빛 사이로 진한 약냄새가 떠다녔다. 그 냄새는 사당으로 들어가는 신자처럼 희망을 느끼게 했다. 한 여의사가 나를 10호실로 이끌면서 귀에 대고 부드럽게 물었다.

"점심 먹었어요?"

"제 병이 나을 수 있을까요?"

그녀는 웃었다. 그녀의 대답은 기억나지 않고, 그녀가 뭐라고 말한 뒤 아버지의 찌푸린 미간이 조금 펴진 것만 기억한다. 여의사가 경쾌한 발걸음으로 돌아가고 난 뒤, 내게는 영원한 편견이 생겼다. 여자는 의사가 되어야 한다는. 하얀색 가운이 여자들에게 가장 우아한 복장이라고 생각했다.

그날은 마침 내 스물한 살 생일의 다음 날이었다. 나는 의학과 운명에 대해서 아직 잘 몰랐고, 척수에 생긴 질환이 얼마나 힘든 것인지 알지 못했다. 나는 편안한 마음으로 침대에 누워 달게 잠을 잤다. 마음속으로 열흘, 한 달, 아무리 길게 잡아도 석 달. 그 다음이면 원래 모습으로 돌아갈 거라 생각했다. 나와 같이 생산대[2]에 참가했던 학교 친구들도 같은 생각을 했는지 문병 올 때 책을 잔뜩 갖고 왔다.

10호실에는 여섯 개의 침대가 있었고, 나는 6호였다. 5호 침대의 주인은 농민으로 매일매일 하루라도 빨리 퇴원하기만 바랐다.

"병실료만 하루에 1.5위안이라고. 대체 다 얼마야! 어차피 죽을병

인데."

5호의 걱정스런 말에 3호가 말했다.

"그만해. 또 시작이야! 맨날 죽는다는 말. 너무 비관적이야!"

3호 말에 4호가 말했다.

"돈 돈 하지 말라고. 우리 마오쩌둥 주석께서 이왕 왔으니 즐기라고 했어!"

5호 침대 농민은 쓴웃음을 지으며 나를 바라보더니 그들을 향해 말했다.

"당신들은 당연히 나랏돈으로 치료받겠지!"

그는 나도 자기와 같은 처지인 걸 알았던 것 같다.

1호 침대는 말이 없었다. 그는 곧 퇴원할 것이라 했다. 2호는 힘 있는 사람 같았다. 그의 말과 행동 하나하나에 다른 사람 모두 경외심을 갖고 대했다. 2호는 행복하게도 자신의 이름을 포함한 거의 모든 명사를 잊어버렸다. 그래서 말할 때 모든 명사를 이것이나 그것 같은 대명사로 대체했기 때문에, 그가 말하는 그 놀라운 일들을 대체 누가 했는지 알 수가 없었다. 4호는 말했다.

"얼마나 좋아. 그 누구의 기분도 상하게 하지 않고, 욕먹을 일도 없으니."

나는 끼어들지 않았다. 방금까지 가졌던 약간의 기대와 편안한 마음이 싹 사라져버렸다. 하루 1.5위안의 병실료는 모두 부모님의 월급으로 충당해야 한다. 거기에 약값과 식비까지 더해진다. 내 병 때문에 집안의 빚은 이미 상당했다. 나는 바로 농민과 같은 입장이 되었다. 언제 퇴원할 수 있을까? 나는 주먹을 움켜쥐었다 얼른 풀었다. 여기는 병원이지 집이 아니다. 여기서는 누구도 내 성질을 참아주지 않을 테고, 무언가 부수면 부모님의 월급으로 배상해야 한다. 다행히 책이 있어서 나는 책만 읽었다.

그래! 석 달, 석 달만 버티자!

나는 그 기한을 믿어 의심치 않았다.


하지만 3개월 후, 나는 퇴원은커녕 상태가 더 나빠졌다. 그 당시 나와 2호는 7호실로 옮겨 지내고 있었다. 2호는 과연 보통 사람이 아니라 국장으로 11급 간부였다. 하지만 1급 차이로 10급 이상만 갈 수 있는 고급병실 1인실은 갈 수 없었다. 7호실은 일반병실 중에서 유일한 2인실이었다.

1인실에 가깝기 때문에 10급에 가장 가까운 이가 갈 수 있었는데, 13급 간부가 퇴원해서 이곳으로 오게 된 것이다. 그렇다면 나는? 수간호사는 내가 책 읽는 걸 좋아하니, 2호가 명사를 기억할 수 있도록 도우라고 말했다.

"저 사람은 자기가 누군지도 모르잖니? 네가 좀 도와주렴!"

그런 이유 때문에 사람들은 물론 나도 2호를 점점 좋아하게 되었다. 자신의 직위인 '국장'도 명사라, 그것도 잊다보니 우리 관계는 갈수록 평등해졌고 사이가 점점 더 좋아졌다. 어느 날 그가 물었다.

"너는 무슨 일을 하니?"

"생산대에서 일했어요."

"우리 그거도 했어. 우리 그거 둘 다!"

2호는 자기 머리보다 조금 높은 지점에다 손짓을 하며 말했다.

"그거 둘. 내가 키웠어."

"두 아들을 말씀하시는?"

"맞아, 아들! 혁명을 하려면 고생을 겁내면 안 되지. 얼른 가서 함께해야지! 우리도 처음에 거기서 나왔다고!"

"농촌이요?"

"어…… 맞아 맞아. 뭐라고?"

"농촌이요!"

"맞아 맞아 농촌! 본분을 잊지 말라고!"

"네. 그럼 고향이 어디세요?"

그는 머리를 감싸 쥐고 한참을 생각했다. 그건 나도 일깨워줄 방법이 없었다. 결국 그는 한바탕 욕을 하며 그만 생각하겠다고 했다. 그러곤 머리 위에 손가락 두 개를 펴며 말했다.

"나도 그거 키웠어!"

"소요?"

그가 고개를 저으며 손을 아래로 향해 눌렀다.

"양이요?"

"맞아. 양! 내가 양을 키웠어!"

그리고 침대에 팔을 깍지 껴서 머리에 대고 눕더니, 행복한 표정으로 아무 말 없이 천장을 올려다보았다.

의사 말로는 그는 거스트만 증후군과 명칭실어증으로 다른 기억에는 전혀 영향이 없다고 했다. 특히 오래된 일일수록 더 분명히 기억한다고 했다. 나는 국장이라 역시 뭔가 어려운 병에 걸렸다고 생각했다. 갑자기 그가 다시 벌떡 일어나 앉더니 말했다.

"내 그거…… 이봐…… 작은 뭐지? 그게?"

"작은 아들이요?"

"맞아!"

그는 갑자기 화를 내며 바닥으로 뛰어내리며 말했다.

"그거 하찮은 거 한다고…… 그 놈이! 간다고 해서 내가 좋다고 지지한다고 했는데. 가서는 필요하다고 편지를 보내왔어. 이거 만든다고!"

그가 주변을 가리키며 말했다. 아마 진료소를 만든다는 것이라 생각했다.

"좋아. 얼마나 필요한데 내가 준다 했지. 근데!"

그가 화가 난 듯 뒷짐을 지고 병실 안에서 왔다 갔다 하다가 갑자기 멈추더니 두 손을 합쳤다.

"그런데 거기서 결혼한대!"

"농촌에서요?"

"그래! 농촌."

"농민이랑요?"

"응. 농민이랑."

그 당시 나의 사상적 깨달음에서든, 당시의 신문 방송의 선전 홍보든, 어디로 봐도 그건 분명 엄숙하고 존경받아야 마땅한 일이었다.

"현장에 뿌리를 내리는 거로군요!"

나는 탄복하며 말했다.

"개소리지! 아무튼 넌 돌아와야지!"

그의 말에 조금 멍해졌다. 내 표정을 보더니 발을 툭 차며 말을 보탰다.

"그래도 혁명을 하겠다고?"

그 말은 이해가 되었다. 혁명이 뭐든 우선은 신경 쓰지 말라는 2호의 솔직함이 위로가 되었다.

하지만 그 뒤 그의 현묘한 논리들을 신경 쓰거나 걱정할 필요가 없어졌다. 겨울은 빨리 지나갔지만 나는 지팡이를 끌고 병원 앞 정원까지도 걷지 못했다. 다리는 점점 더 무뎌졌고, 근육은 위축되어갔다. 이거야말로 걱정이 필요한 일이었다.

내가 7호실에 입원할 수 있었던 건 의사와 간호사들이 나를 안쓰럽게 여겼기 때문이다. 나는 어렸고, 자비로 치료를 해야 했다. 또 그들은 이미 앞으로 내 병세가 더 나빠질 것도 알았고, 거기에 내가 책을 좋아하는 것도 알고 있었다.

그때는 '지식'이 많을수록 반동이 되는 시대여서, 의사와 간호사들은 책을 좋아하는 아이를 특히 좋아했다. 그들은 나를 아이로 여겼다. 그들의 아이들도 생산대에 있었다. 수간호사는 몇 번이나 어머니 앞에서 나를 칭찬했고, 마지막은 늘 이렇게 끝을 맺었다.

"아……, 이 아이를……."

당시 의학의 한계를 드러내는 탄식이었다. 나를 도와줄 다른 방법이 없었다. 그저 조금 편하게 조용히 지내며 책을 읽도록 해주는 것밖에는. 어쩌면 그들은 책 속에 이 아이의 길이 있을지도 모른다 생각했을 것이다.

하지만 나는 이미 독서에 흥미를 완전히 잃었다. 하루 종일 침대에 누워 문밖을 오가는 사람들의 발소리만 듣고 있었다. 그들이 멈추고 문을 열고 들어오길 바랐고, 또 절대 멈추지 말고 그대로 자신의 길을 가길 바랐다. 황량한 마음으로, 나를 데려가지 않을 거면 걸을 수 있는 다리를 달라고 신에게 빌고 또 빌었다. 사람이 없을 때면 두 손을 모으고 소리 내어 신에게 빌었다. 아주 오래 뒤에 무명의 철학가가 한 말을 들었다. '병상에 눕게 되면, 누구나 신을 찾게 된다'라는.

지금 생각하면 신의 유무에 관해 논쟁하는 것은 무의미하다. 다만 운명의 혼돈 속에 떨어지면 사람은 자연스럽게 과학을 소홀히 하고, 심오한 대상을 향해 경건하게 갈구하게 된다. 지금까지도 인류의 가장 아름다운 갈망은 실질적으로 증명되지 않았지만, 여전히 사라지고 있지 않는 것과 같다.

내 담당의사는 매일 병실에 왔고, 내 병상에 가장 오래 머물렀다.

"좋아. 조급해하지 말고."

병원 규정에 따르면 과장은 일주일에 한 번 오는데, 몇몇 과장들은 그보다 훨씬 자주 와서 나를 보고 갔다.

"기분 어때? 흠…… 절대 조급해하지 말고."

또 한동안은 관련 과 모든 의사들이 오기도 하고, 혼자 혹은 여럿이 와서 각자의 의견을 나누며 상의하곤 했는데, 그러고는 모두 똑같은 말을 했다.

"너무 조급해 말아라. 알았지? 절대 서두르지 말고."

그들의 신중한 말에서 나는 조금씩 알게 되었다.

만약 종양 때문이라면 종양만 떼어내면 똑바로 걸을 수 있을 것이다. 그렇지 않다면, 나는 앞으로 인류가 수백만 년에 걸쳐 이룬 진화의 산물인 직립보행을 할 수 없을 것이다.

창밖 작은 화단은 온갖 꽃들로 알록달록했다. 스물두 번째 맞는 봄은 전혀 설레지 않았다. 나는 이미 화단 사이를 천천히 걷는 건강한 사람이나 길가에서 배드민턴을 치는 젊은이를 부러워만 할 자신이 없어졌다.

환자복을 입은 노인을 아주 오랫동안 지켜본 적이 있다. 잔디 위를 아주 느릿느릿 걸으며 햇볕을 쬐던 그 노인. 그 정도면, 그렇게만 걸을 수 있다면 나는 충분할 텐데!

부드러운 풀밭을 걷는 느낌을 떠올려보았다. 가고 싶은 곳으로 어디든 걸어갈 수 있는 느낌을 떠올렸다. 길가에 떨어져 있는 돌멩이를 차는 느낌은 또 어떠한가. 이런 것들을 떠올려보지 않은 사람들은 아마 믿지 못할 것이다. 이런 느낌은 결코 떠올려지지 않는다!

노인이 떠나고 나서도 나는 잔디밭을 한참 바라보았다. 햇빛이 천천히 옅어지고 사라졌다가 다시 한줄기 쓸쓸하고 처량한 붉은 빛이 되어 천천히 담장을 오르고, 건물 꼭대기까지 올라가는 모습을 지켜보았다. 그리고 제멋대로 시를 썼다.


'가만히 창문을 열어 봄의 색을 본다. 인간 세상에 빠져버린 저녁 해'


아주 오랜 시간이 흐른 뒤 나는 휠체어를 끌고 그 잔디밭으로 가 그곳에서 7호실 창문을 바라보았다. 지금 저 유리창 뒤에는 누가 입원해 있을까를 상상했고, 신이 그를 위해 어떤 앞날을 마련해두었을까도 생각했다. 물론 신은 그에게 의견을 물을 필요가 없고, 묻지도 않을 것이다.

나는 간절히 바랐다. 신이 잠깐 나를 놀리느라 내 척추에 양성 종양을 넣어둔 것뿐이기를. 수술로 아무런 척추 손상 없이 깨끗하게 뗄 수 있는 자리에 있는 것이기를.

"선생님, 그렇죠?"

"누가 그런 말을 했어?"

"그런 거죠?"

"하지만 종양이라 확신할 수 없단다……."

나는 눈길이 닿는 모든 곳에 눈빛으로 '하느님, 도와주세요'라고 썼다. 그 글자를 수천수만 번 쓰면 신이 불쌍히 여겨서 그냥 착한 종양으로 만들어주지 않을까 생각했다. 아니면 그냥 아주 독하고 나쁜 종양이라서 나를 바로 데려가도 좋다고 생각했다.

그러니 다른 것 말고 종양으로 해달라고, 꼭 종양을 달라고 빌었다.

친구가 연자蓮子(연밥)를 갖다 주었다. 심심하면 물이 담긴 병에 연자를 몇 알 떨어트리며 생각했다. 소원 걸고 내기해볼까? 하고.

연자가 싹을 틔우면 내 병은 그냥 단순한 종양인 걸로. 하지만 두려워서 감히 하지 못했다. 그런데 며칠 뒤 모조리 싹이 났다. 나는 내기를 하기로 했다. 사실 나는 계속하고 싶었고, 계속하고 싶었다는 건 이미 내기를 건 것이라 다름없다 생각했다. 아무튼 나는 다시 그

연자들이 잎이 나오는 데에 내 병을 걸었다. 이번엔 분명히 했다.

매일 물을 갈아주었고, 하루 종일 햇빛을 받을 수 있도록, 아침이면 창가 서쪽으로 옮기고 오후에는 다시 창가의 동쪽으로 옮겼다. 그렇게 하기 위해서 침대 난간을 잡고 창턱을 잡고 걸어야 했다. 겨우 몇 미터 걷는데도 온몸이 흠뻑 젖었다. 내가 이러고 있는 줄은 아무도 몰랐다. 얼마 후, 연자에서 동그란 잎이 나왔다. 둥근 것은 좋은 징조다. 나는 더욱 세심하게 돌보았다. 침대로 돌아와 앉아서 가쁜 숨을 내쉬며 그들을 바라보았고, 깊은 밤 깨어서 달빛 아래의 그들을 보았다.

그래! 운이 좋아지고 있어!

게다가 문득 蓮(연꽃 연)과 憐(불쌍히 여길 연)이 같은 발음임을 깨달으며, 공손하게 생각했다. 신이 드디어 내게 자비를 내리기로 결정하신 거라고!

이런 상황은 아무에게도 말하지 않았다. 잎이 병 입구 밖으로 자라나자 사람들이 만지려고 해서 극구 말렸다. 그래도 기어이 만지면 속으로 몇 배는 더 열심히 기도했다. 역시 이 또한 아무에게도 말하지 않았고, 지금까지도 아는 이는 없다.

하지만 과학이 승리하고 말았다. 내 척추에는 종양이 없었다. 정말 없었다. 신은 나의 부드러운 척추에 직접 손을 쓰셨다.

그걸 알게 된 날, 나는 억울한 판결을 받은 사람처럼 미친 듯이 발광했다. 얼른 일어나 달려가서 양심 없는 신에게 보여주고 싶었다. 그 결과는 간단했다. 우리는 결코 신의 상대가 될 수 없다.

나는 하루 종일 누워서 한마디 말도 하지 않았다. 처음에는 텅 비어 있던 마음에 점차 죽음이란 글자가 가득 찼다. 담당의였던 왕주임이 나를 찾아왔다. 나이가 꽤 있었던 그녀를 나는 영원히 잊지 못한다. 그리고 장간호사도. 8년 후와 17년 뒤, 두 번이나 죽음의 문턱까지 갔는데, 그때마다 이 두 여성이 내 목숨을 구했다.

벽을 보고 누워 있는 내 옆에 왕주임이 앉았다. 한동안 가만히 있더니 말을 했다.

"책을 읽으렴. 너 독서 좋아하잖니? 사람은 하루라도 헛되이 살면 안 돼. 앞으로 일을 하게 되면 바빠서 시간이 없을 거란다. 그때는 지금 이 순간을 헛되이 보낸 걸 후회할지도 몰라."

그때 그 말이 죽고 싶은 마음을 없애주지는 못했지만, 나는 평생 이 말을 새겼다.

그 이후에도 자주 죽음을 생각했지만 죽지 않은 나는 왕주임의 이 말을 되새기며 할 일을 했다. 내가 죽지 않은 이유는 아주 많은데, 다른 글에서 썼듯이 사람은 하루라도 헛되이 살면 안 된다는 그녀의 이 말도 그중 하나였다. 천천히 할 일을 찾아 해가면서 천천히 삶에 대한 흥미와 가치를 갖게 되었다.

어느 해인가 병원으로 왕주임을 찾아가 내가 쓴 책을 선물했다. 백발이 성성한 그녀는 이미 퇴직했지만 여전히 병원에서 바삐 보내고 있었다. 그녀를 보며 이분은 분명 내가 죽지 않을 것을 알고 내게 살아갈 길을 알려준 것이 아닌가 하고 생각했다. 하지만 나는 내가 7호실을 떠나고 난 뒤에, 그곳에 놓고 간 긴 전선줄을 누가 가장 먼저 발견했는지 모른다. 또 그것을 보고 무슨 추측을 했을지도. 그건 비밀이고 지금도 말할 필요는 없다. 그때 내가 정말 죽었다면? 언젠가 왕주임을 찾아가 물어보고 싶다. 그녀는 무슨 말을 했을까?

"정말 죽겠다 마음먹는다면 누구도 막을 수 없었겠지!" 아니면 "죽음을 생각해보는 것도 나쁜 건 아니야. 그렇게 해서 살아갈 이유를 찾게 되면 더 자유로워지겠지!" 혹은 "아니, 나는 알 수 있었어! 그때 너는 사신과 아주 멀리 있었단다. 왜냐면 네게는 좋은 친구들이 많았으니까"라고 했을 것이다.

우의友誼 병원. 아주 좋은 이름이다. 동인同仁, 협화協和, 박애博愛, 제자濟慈… 이런 이름도 좋지만 좀 차갑거나 지나치게 큰 의미를 둔 이름이라 '우의'처럼 쉽고 친근하지 않다. 물론 내 편견일지도 모른다.

스물한 살 끝자락에 두 다리는 나를 철저히 배반했다. 내가 죽지 않은 건 우정 때문이었다. 여전히 시골 생산대에 있던 친구들은 끊임없이 내게 편지를 보냈다. 당근과 채찍, 격려와 욕을 병행하며 내가 살아갈 용기를 찾도록 자극했다. 이미 베이징으로 돌아온 친구들은 매주 면회일마다 나를 보러왔고, 면회일이 아니더라도 들어왔다.

"어떻게 들어왔어?"

"그거야 잠깐만 생각하면 방법이 있지!"

그 당시 생산대에 참가했던 친구들은 기차역 입장권 한 장으로 동서남북 어디든 갔으니, 그들에게 이쯤은 어렵지 않았을 것이다.

당시 나는 원래 병실이 아닌 임시 병실에 있었다. 병원 건물에는 사용하지 않는 계단 사이 공간이 있었는데 침대 하나는 충분히 들어갈 만한 공간이었다. 성냥갑처럼 작았지만 그래도 1인실이니 10급에 비길 만했다.

이 역시 의사와 간호사들의 고심이 있었다. 나를 보러 오는 친구들이 많았고, 어린 소년 소녀다 보니 웃고 떠드는 경우가 많아 다른 환자들에게 영향을 줄 수밖에 없었다. 그렇다고 나의 즐거움을 뺏을 수도 없어 10.5급의 대우를 해준 것이다.

창문은 거리 쪽으로 나 있었는데 나는 침대를 그쪽으로 바짝 붙였다. 그곳에서 스물한 살의 가장 만족한 시간을 보냈다. 매일 오전에 창문 옆에 앉아 조용히 책을 읽었다. 많은 명작을 대부분 그때 읽었고, 그럭저럭 외국어 공부도 시작했다. 점심 무렵이면 눈을 크게 뜨고 창밖 거리를 바라보았다. 특히 자전거를 타는 젊은이나 5번 버스 정류장을 유심히 쳐다보며 친구들이 오기를 기다렸다.

그 시기에는 잠시 죽음을 잊었던 것 같다. 친구들은 책과 바깥소식을 가져왔고, 위로와 즐거움을 가져왔고, 새로운 친구를 데려왔다. 새

친구는 또 다른 새로운 친구를 데려왔고 나중에는 모두 다 오랜 친구가 되었다. 이후 오랫동안 우정은 이렇게 내 주변에서 넓어졌고, 내 마음은 깊고 두터워졌다. 우리는 병실 문을 굳게 닫고 자유롭게 웃고 떠들고 화내고 싸우며, 아무런 금기 없이 세상의 모든 일에 대해 이야기했다. 기분이 좋으면 나지막이 노래도 불렀는데 샨베이(陝北)[3] 민요나 생산대 청년지식인의 노래들이었다.

저녁에 친구들이 돌아가고 나면 탁자에 놓인 등의 고요하면서도 강한 불빛 아래서 무엇을 쓸까 생각했다. 나의 창작욕이 최초로 발아한 때였다. 나는 한동안 죽음을 잊었다. 무엇 때문이었을까? 그건 아마 마음속에 사랑의 그림자가 조용히 드리우며 일렁였기 때문이다. 그 그림자는 아주 오랫동안 내 마음에 일렁이며 미래의 날들에 행복도 주었고 아픔도 주었다. 무엇보다 열정을 데려와 절망에 빠진 한 생명을 죽음의 계곡에서 끌어냈다. 행복이든 고통이든, 모두 다 영원히 간직하고픈 신성함이 되었다.


스물한 살, 스물아홉 살, 서른여덟 살. 나는 이렇게 세 번 우의병원에 들어갔다가 나왔다. 내가 죽지 않은 건 모두 다 '우의' 때문이다. 뒤에 두 번은 내가 죽고 싶어 한 것이 아니라 죽음의 신이 내게 흥미를 보였기 때문이다. 40도가 넘는 고열로 쓰러진 나를 친구들이 업어 데려왔다. 내과에서는 하반신 마비 환자를 치료해본 경험이 없어서 내 주치의 왕주임과 장간호사를 찾았다. 그래서 나는 다시 신경내과 병실에 입원했다. 특히 스물아홉 살 때는 열이 내리지 않아 하루 종일 혼수상태로 구토했고, 대략 3개월 동안을 음식 냄새도 못 맡고 포도당 주사로만 연명했다. 혈압도 불안정해서 120에서 60까지 떨어졌다 다시 오르내리기를 반복했다. 의사들은 내가 그 겨울을 넘기지 못할까 걱정했다. 신장이 거의 제 기능을 잃었고, 치료방법도 거의 바닥나 갔다. 친구들은 내과의 닥터 보(柏)를 찾았고, 다시 닥터 탕(唐)을 찾아 이 상황을 나의 아버지께 알려야 할지 상의했고, 알려봐야 걱정만 드릴 뿐 달라지는 것이 없다는 결론을 내렸다. 그 다음은 일을 나누었다. 죽음에 관한 일은 친구들과 닥터 보가 맡아, 만약 내가 죽으면 그들이 아버지께 설명하기로 했다. 살아 있는 나는 닥터 탕이 맡기로 했다. 닥터 탕은 말했다.

"좋아요! 어떻게든 그를 이곳에 잡아두죠. 그가 살 수 있는 방법을 하루하루 찾아낼게요!"

물론 이 모든 것은 다 나중에 들은 이야기다.

겨울이 지나고 다시 살아난 나는 다음 세기까지 살 만큼 건강해보였다. 닥터 탕은 처음 이 병원에 왔을 때 나를 10호실로 데려갔던 그 따뜻하고 우아했던 여의사다. 8년의 세월 동안 양쪽 귀밑머리에 하얗게 서리가 앉았다. 다시 9년 후 세 번째로 입원했을 때 닥터 탕은 없었다. 내가 또 입원했다는 말에 병원의 나이 든 의사와 간호사는 모두 몰려와 나를 보고, 안부를 묻고, 내 소설을 칭찬하며, 이런저런 이야기를 했다. 유일하게 닥터 탕만 없었다. 그녀는 이곳에 없고, 올 수도 없다. 언젠가 휠체어를 타고 꽃을 들고 그녀를 찾아온 적이 있었다.

"그녀는 여기 없어요. 세상을 떠났어요. 분명 너무 과로해서 그런 거예요!"

모두 다 그렇게 말했다.

나는 그녀가 병실로 안내하던 그 오후를 영원히 잊지 못한다. 내 귀에 대고 밥은 먹었냐고 다정하게 묻던 것이 어제 같은데…… 갑자기 그녀는 이제 없다. 겨우 쉰에 불과한 나이였는데. 뭐라 말할 수가 없었다. 아무리 생각해도 이해가 안 됐다. 누군가 논리를 엉망으로 만든 것이 분명했다.

나는 닥터 보 세대의 삶은 조금 더 좋기를 바란다. 사실 환자들 앞에서는 닥터 보를 선생님이라 불렀지만 평소에 우리는 서로의 이름을 부른다. 그녀는 농담할 때 자신을 나의 개인의사라고 칭한다.

19년 전 어느 깊은 가을, 병실에 새로운 위생원[1]이 왔다. 짧게 땋은 머리에 긴 목도리를 하고 검은 면 신발을 신은 소녀는 베이징 사투리를 썼지만, 전체적으로 촌스러움이 채 가시지 않았다.

"너도 생산대지?"

"너도? 그럴 줄 알았어!"

"몇 회?"

"중2, 넌?"

"난 68, 중1. 어디서?"

"샨베이(陝北), 넌 어디?"

"난 내몽고."

이것으로 끝. 우리는 서로 모든 것을 알 수 있다. 이런 호칭[5]은 우리 세대만의 전유물이라, 이런 질문과 답변만으로도 바로 가까워질 수 있었다. 이런 대화는 몇십 년 후에 백발이 성성한 노인들 사이에서 유행이 되지 않을까 예상해본다. 그들 사이에 가장 친근하게 안부를 묻고, 가장 효율적으로 소통하는 방식이다. 후세의 언어학자들은 어쩌면 이 말들을 논증하기 위해 고심하며 엄숙하고 진지한 논문을 써서 학위를 받을지도 모르겠다.

하지만 우리 세대는 이런 학위를 받을 수나 있을까? 열네 살에 학교가 휴교되었고, 열일곱 살에 하방을 갔다 돌아와 가장 무시받는 일을 했다. 하지만 우리는 농촌에서 못하는 것이 없었고, 안 하는 것도 없었다. 그러면서 공부가 하고 싶어 남는 시간에 공부를 해서 간신히 대학에 진학하고, 진학한 후에는 또 무시받았다. 어이없게도 우리는 '공농병工農兵학생'이기 때문이었다. 그렇다고 그 굴레를 벗어날 수 없다. 이 세대 사람들은 몇 배의 노력으로 사람들의 시선을 이겨내야 했고, 실력과 능력으로 이런 학위를 받았다는 것을 믿도록 만들어야 했다. 이것이 우리 세대가 학위를 얻는 전형적인 과정이었다. 그래도 가장 파란만장한 고난은 아니었다.

어린 소녀가 아줌마가 되고, 위생원이 의사가 되기까지 어떤 과정을 겪었는지 나는 안다. 우리는 오랜 친구니까. 그녀의 남편도 마찬가지의 과정을 겪었기에 우리는 모두 친구가 되었다. 그녀의 아들은 나를 아저씨라 부른다.

사람들이 나를 가장 부러워하는 점은 바로 이 우의이고, 나는 이 우의 속에서 살았고, 살아났다. 어쩌면 내가 스물한 살 때 하필이면 이 우의병원으로 들어온 것과 관련이 있지 않을까.


누군가는 내가 비현실적인 이상향에서 산 것 같다고 했는데, 그 말투에는 조롱과 비웃음이 들어 있었다. 내 이야기가 자기 연민과 기만에서 나온 것이라 하는 것처럼. 하지만 절대 그렇지 않다. 나는 세상 밖의 이상향에서 살지 않았기에 비현실적인 이상향도 믿지 않는다. 다만 현실 속 이상향을 믿을 뿐이다. 이 세상에는 분명 이상향이 있다. 없다고 한다면 누구도 다시 살고 싶지 않을 것이다. 만약 그 이상향이 작고 약해진다 해도, 내가 본 바로는 적어도 조롱과 비웃음이 그것을 강하게 만들 수는 없다. 수만 년 동안 그 이상향을 현실로, 신념으로 삼아왔기에 끊어지지 않았다. 그 이상향은 사람의 마음에서 다시 다른 마음으로 흐르고, 마음으로 베풀고 마음에 의해 움직여야 끊이지 않고 이어진다. 욕망이 커지면, 그 욕망을 버릴 수 있는 경건

한 마음은 또 어떻게 구할 수 있을까?

또 어떤 이는 나에게 동화 속 세상에서 사는 사람 같다고 했다. 그 어투에는 칭찬도, 충고도 있었다. 칭찬에다 충고까지 해주었으니 그 말에 기꺼이 승복한다. 그 충고 또한 사람 사이에 필요한 방어가 아니라, 그저 단지 나를 일깨워주려는 것뿐일 테니. 동화가 유감스러운 것은 너무 아름다워서가 아니라, 우리가 그보다 훨씬 더 복잡하고, 훨씬 더 잔혹한 세계로 들어가야 하기 때문이다. 그때 동화는 그저 너무 나약할 뿐이다.

스물한 살 되던 그해, 신은 내게 이미 일깨워주었다. 신은 일찌감치 마련해둔 탈 동화급 현실과 끊임없는 수수께끼의 단서를 살짝 보여주었다.

4호 병실에 있을 때 일곱 살짜리 남자 아이를 보았다. 아이는 산간 벽지 작은 마을에 살았는데, 집 앞까지 도로가 포장된다는 이야기가 퍼지면서 아이들은 모두 그날만을 손꼽아 기다렸다. 마침내 길이 포장되고 마을에는 차들이 다니기 시작했다. 처음 본 차가 놀랍기도 하고 두려워서 아이들은 그저 멀리서 보기만 했다. 그러다 하루하루 시간이 흘러 차가 익숙해지자 기발한 생각을 했다. 달리는 트럭 뒤에 올라타면 멋지게 바람을 쐴 수 있는 걸 알게 된 아이들은 부모 몰래 그렇게 즐겁게 놀았다.

그런데 어느 날, 단 한 번 실수가 일어났다. 그 일곱 살 남자아이가 뛰어오르다 손이 미끄러져 떨어진 것이다. 아이가 병원에 들어왔을 때는 이미 뛸 수 없었고, 사지 근육은 모두 위축되어 제 힘을 쓰지 못했다. 병실 안은 조용했다. 아이는 쩔뚝거리면서도 여기저기 다니며 장난을 쳤다. 병실 사람들이 아이에게 물었다.

"너는 어쩌다 다쳤니?"

그 말에 아이는 고개를 숙이더니 움직이지 않고 가만히 있었다.

"말해봐! 왜 다친 거야?"

하지만 아이는 우물거리며 답하지 못했다.

"왜 말을 안 해? 잊어버렸어?"

"차에 뛰어 올라타다가요."

아이가 작게 말했다.

"장난치다가요."

아이는 다시 덧붙였다. 나름 성의껏 자기 잘못을 인정했다. 다들 아무 말도 하지 못했다. 아이를 제외한 모두가 알고 있었다. 아이는 척수 손상을 입었고, 그 손상은 결코 되돌릴 수 없다는 것을. 아이는 여전히 꼼짝도 않고 똑바로 서서 오그라든 두 손으로 눈물을 닦았다. 마침내 누군가 입을 열었다. 슬프고 부드러운 말투였다.

"다음에 또 장난칠 거야?"

아이는 이런 말에 익숙한 듯 바로 고개를 세게 저었다.

"아니 아니! 아니요!"

동시에 한숨을 놓았다. 하지만 전과는 달리 아무도 괜찮다고, 다음부터 고치면 된다고 말하지 않았다. 아이는 눈을 크게 뜨고 어른들을 차례로 쳐다보았다. 그 표정은 '그걸로 안 돼요? 장난 안 친다고 했잖아요?'라고 묻는 것 같았다.

아이는 몰랐다. 아이는 아직 이해하지 못했다. 살아가면서 어떤 실수는 한 번만으로도 고칠 기회도 되돌릴 기회도 없다는 것을. 운명에는 장난이나 실수 같은 잘못이 아님에도 용서받지 못하는 경우가 있다는 것을.

아직도 그 아이를 기억한다. 겨우 일곱 살이었다. 미래의 어느 날, 아이는 분명 알게 될 것이다. 그런데 그 어느 날을 꼭 미리 알아야만 할까? 아무튼 다가올 그 어느 날이 바로 그 동화의 결말이다. 모든 동화의 끝을 우리는 이렇게 이해하자. 신은 생명을 단련시키기 위해 이런 잔인한 수수께끼를 놓아두었다고.


6호실에 있을 때 한 연인을 보았다. 그때 두 사람은 지금의 내 나이인 마흔이었다. 그들은 대학 동기였는데 스물네 살에 유학을 갈 예정이던 남자는 날짜도 받아두고 모든 준비를 마친 상태였다. 그런데 운명의 장난인지 출국날짜가 한 달 미뤄졌고, 그 사이에 의료사고가 생겨 남자는 반신불수가 되고 말았다. 연인에 대한 사랑이 깊었던 여자는 기다렸다.

처음에는 병이 낫기를 기다렸지만 뜻대로 되지 않았다. 그 다음에는 그가 결혼해주기를 기다렸지만 역시 되지 않았다. 외부의 방해와 내적 갈등은 점점 쌓여갔고 시간도 흘러갔다. 그동안 남자는 여자가 오기를 바라면서도 막상 오면 떠나라고 종용했다. 그의 병은 나을 기미를 보이지 않고, 그의 사랑도 떠날 기미가 없었다. 여자는 그렇게 계속 기다렸다. 한 번은 마음을 독하게 먹고 베이징에서 아주 먼 곳으로 직장을 옮겼지만 감정을 끊어내기란 그리 간단하지 않았고, 베이징에 다시 일자리를 구하는 것 역시 간단하지 않았다. 여자는 연휴나 휴가만 생기면 천릿길을 마다않고 달려 베이징으로 왔다. 이제 남자의 병은 더 중해져서 전신을 움직이지 못했다.

그때 남자는 나와 같은 병실이었다. 여자가 가고 나면 남자는 나를 보며 혼잣말을 했다.

"그녀를 사랑한다면 아프게 하면 안 돼! 그런데 왜 결혼을 하려는 거야?"

남자가 잠이 들면, 여자가 나를 보며 혼자 말했다.

"당신이 날 사랑해서 이러는 거 알아. 하지만 그게 날 더 아프게 한다고. 나도 떠나고 싶어. 시도도 했잖아. 근데 안 돼. 난 당신을 사랑하지 않을 수 없다고!"

여자가 가고 나면 남자가 또 내게 말했다.

"안 돼! 그녀는 아직 젊고, 기회가 있어. 그녀는 결혼을 해야 해, 그녀는 사랑 없이는 안 된다고."

남자가 잠들면 또 여자가 말했다.

"대체 뭐가 기회인데? 기회는 밖이 아니라 마음에 있어. 결혼 기회는 외부에 있겠지만, 사랑의 기회는 오로지 마음에만 있다고."

여자가 없을 때 나는 남자에게 그녀의 말을 전해주었다. 남자는 아무 말 없이 눈물만 흘렸다.

"그냥 둘이 결혼하면 안 돼요?"

"너는 몰라. 우리는 이 세상에서 살아간다고. 그래서 어떤 일은 둘이서만 결정할 수 없어."

그때 나는 도무지 이해가 되지 않았다. 그래서 또 여자에게 물었다.

"그냥 두 사람이 결정해서 하면 안 돼요?"

"안 돼. 그럴 수 없어. 때로는 정말 아주 어려워."

여자는 한참 침묵하더니 다시 말을 이었다.

"정말이야. 지금 넌 이해 못할 거야."

19년이 흘렀다. 그들은 지금쯤 예순이 다 되었을 것이다. 지금 각자 어디서 살고 있는지 모른다. 나는 둘이 결국 헤어졌다는 소식만 들었다.

19년 동안 나도 사랑을 경험했다. 만약 지금 스물한 살 청년이 내게 사랑이 무엇이냐고 묻는다면 아마 나도 이렇게밖에 대답 못할 것이다.

정말로, 사랑은 정확하게 설명할 수 없는 것이라고.

어떤 사랑이든, 사랑이란 언어에 속하는 부분은 미미하고, 대부분 마음에 속한다.

타이완의 작가 산마오(三毛)의 말이 맞다. 사랑은 참선禪처럼 말해서는 안 된다. 말할 수 없다. 일단 입 밖에 내면 틀려버린다.

그것 역시 동화의 결말이다. 우리가 영원히 추구하며 살기를 바라는 신은, 잔인하지만 유혹적인 수수께끼를 우리 앞에 놓아둔 것이다.


스물한 살이 그렇게 지났고, 나는 친구들에게 들려서 병원 문을 나왔다. 병원에 들어갈 때는 예상하지 못했던 일이었다. 나는 죽지 않았고, 다시는 걸을 수 없게 되었다. 미래에 대해 희망도 있었고 두려움도 있었다. 그 이후의 삶에서 예상도 못한 수많은 일들이 일어났고, 나는 여전히 옛날처럼 '하느님, 저를 지켜주세요'를 읊조리며 실의에 빠져 살았다.

그러던 어느 날 한 신을 알게 되었다. 그에게는 구체적인 이름도 있다. 바로 정신精神이다. 과학의 미망에 빠졌을 때, 삶이 혼돈에 빠졌을 때, 사람이 유일하게 도움을 청할 곳은 자신의 정신이다.

우리가 믿는 것은 모두 다 자신의 정신이 그려내고 이끄는 것이다.

# 자귀나무

나중에 그 아기가 자라면 어린 시절을 기억하고,

그 흔들리던 나무 그림자를 기억하고,

엄마를 기억할 것이다.

또 그 나무를 보러 올지도 모른다.

○
　○

열 살 때 처음으로 글짓기 대회에서 1등을 했다. 그때 어머니는 아직 젊었다. 상을 받았다고 자랑하는 내게 어머니는 서둘러 자기 이야기를 하셨다. 당신도 어렸을 때 글짓기를 아주 잘했다고, 심지어 선생님은 이런 좋은 글을 정말로 네가 썼냐고, 믿지 않았다고 했다.

"선생님이 집에 와서 물었다니까. 혹시 누구 어른이 대신 써준 거 아니냐고. 그때 엄마는 아마 열 살도 안 됐을 거야."

어머니 말에 나는 흥이 깨져버려 일부러 모른 척 물었다.

"아마? 아마 안 됐을 거란 건 무슨 뜻이야?"

내 말에 어머니는 열심히 설명해주었지만 나는 일부러 안 듣는 척하며, 벽에 대고 탁구를 쳐서 어머니를 화나게 했다. 하지만 어머니가 똑똑했다는 건 인정한다. 그리고 세상에서 제일 예쁜 여성이라는 것도 인정한다. 당시 어머니는 푸른 바탕에 흰 꽃이 그려진 천으로 치마를 만들던 중이었다.

　스무 살에 나는 두 다리를 못 쓰게 되었다. 달걀에 그림을 그리는 일 외에 다른 일도 하고 싶었다. 몇 번 생각이 바뀌었고 결국에는 글을 쓰고 싶어졌다.

　그때의 어머니는 젊지 않은 데다 내 다리 때문에 흰머리가 생겼다. 병원에서는 내 병을 고칠 수 없다고 분명히 말했지만 어머니는 여전히 내 치료에 모든 것을 걸었다. 여기저기 용하다는 의사를 수소문하고, 좋은 비방을 찾아다녀 돈도 많이 썼다. 어디서 이상한 약을 구해와서 먹고 마시게 하거나 씻고 붙이고 쐬고 맞도록 했다.

　"시간 낭비 하지 마! 다 소용없다고!"

　나는 오직 소설만을 쓰고 싶었다. 소설만이 장애인을 곤경에서 구해줄 수 있을 것 같았다.

　"한 번만 해보자! 해보지도 않고 효과가 없는지 어떻게 아니?"

　어머니는 매번 희망을 품었다. 하지만 내 다리에게 건 희망은 매번 실망으로 돌아왔다. 마지막에는 다리에 뜸을 뜨다가 크게 화상을 입었다. 의사 말이, 이런 일은 마비 환자에게는 목숨을 위협할 만큼 위험하다고 했다. 나는 전혀 두렵지 않았다. 마음속으로는 죽는 것도 나쁘지 않다고, 아니 속 시원하겠다고 생각했다. 하지만 어머니는 놀라서 몇 개월 동안 밤낮으로 약을 바르며 나를 돌봤다. 다행히 상처가 나았기에 망정이지 안 그랬으면 아마도 어머니의 정신이 나갔을 것이다.

나중에 어머니는 내가 소설을 쓰는 것을 알게 되었다.

"그럼 잘 써봐라."

비로소 느껴졌다. 이제야 어머니는 내 다리를 고치겠다는 희망을 버리셨구나.

"나도 젊었을 때 문학을 제일 좋아했어. 네 나이 즈음 나도 글을 쓰고 싶었지. 너 어렸을 때 글쓰기 대회에서 1등 했잖아!"

어머니는 기억을 일깨워주었다.

우리 둘은 가능하면 나의 다리에 관해서는 잊으려고 했다. 어머니는 여기저기서 책을 빌려다 주었고, 비가 오나 눈이 오나 내 휠체어를 밀며 극장으로 갔다. 예전에 치료를 위해 의사를 찾고 약을 구해오던 것처럼 또 희망을 품었다.

서른 살에 내 첫 소설이 출간되었을 때 어머니는 이미 세상에 없었다. 몇 년 후, 다른 소설이 문학상을 받았을 때는 어머니가 세상을 떠난 지 7년이 된 해였다. 상을 받고 난 뒤, 집으로 찾아오는 기자들이 많아졌다. 다들 내 상황을 알고 있으니 힘들었을 거라며 좋은 마음으로 찾아왔다. 하지만 나는 형식적인 인사로만 그들을 대했다.

남들의 이런저런 말들에 마음이 복잡해졌다. 나는 휠체어를 밀고 밖으로 나와, 공원의 조용한 숲에 앉아서 눈을 감고 생각했다.

신은 왜 이렇게 빨리 어머니를 데려갔을까?

한참을 멍하니 그 생각만 하고 있다가 나는 답을 들었다.

'어머니 마음이 너무 힘들어서, 그 모습을 보는 신도 너무 마음이 아파서 빨리 데려간 거야'라고……

나는 큰 위로를 받았다. 바람이 나무 사이를 지나가는 것이 보였다.

휠체어를 밀고 그곳을 나와 하릴없이 거리를 방황했다. 집에는 가고 싶지 않았다.

어머니가 세상을 떠나신 뒤 이사를 했다. 그 뒤로는 어머니와 살던 집은 자주 가보지 않았다. 우리가 살던 곳은 여러 집이 모여 살던 동네로 우리 집은 가장 안쪽에 있었다. 간혹 가더라도 휠체어로 들어가기 불편해서 안쪽까지는 들어가지 않았다. 바깥 집에 살던 할머니는 나를 손자처럼 여겼다. 나를 보면 어머니가 생각났을 텐데 일부러 다른 이야기만 하며 자주 오지 않는다고 나무랐다. 마당 한가운데 앉아 있으면 이쪽 집에서 차를 내어오고, 저쪽 집에서는 먹을 것을 내왔다.

어느 해, 마침내 어머니 이야기가 나왔다.

"저 안뜰에 가보렴. 네 엄마가 심은 그 자귀나무가 올해 꽃을 피웠어!"

순간 마음이 흔들렸지만, 휠체어 때문에 들어가기 힘들다고 핑계를 댔다. 그러자 다들 더 이상 권하지 않고 다른 이야기로 화제를 돌렸다. 우리 집에는 지금 젊은 부부가 사는데 막 아들을 낳았다고 했다. 아기는 울지도 않고 창문으로 비치는 나무 그림자만 보며 얌전히 누워 있다고 했다.

그 나무가 아직 살아 있을 줄은 생각도 못했다.

오래전 그해, 어머니는 내 일자리를 알아보러 노동국에 갔다 돌아오는 길에 길가에 피어 있던 풀 한 포기를 캐왔다. 미모사라고 생각해서 화분에 심었는데 알고 보니 자귀나무였다. 어머니는 원래 꽃과 식물을 좋아했지만 당시 마음은 온통 다른 곳에 가 있었다.

다음 해 나무는 싹을 틔우지 않아 실망했지만 그렇다고 버리지도 못해 그냥 두었다. 그리고 그 다음 해, 자귀나무에서 잎이 무성하게 자랐다. 어머니는 좋은 징조라고 몇 날 며칠을 행복해했다. 다시 1년이 지나자 어머니는 자귀나무를 화분에서 꺼내 창문 앞에 심었다. 흙을 다독이며 어머니는 이 나무가 언제 꽃을 피울까 하며 중얼거렸다.

그 다음 해 우리는 이사를 했고, 슬픔 때문에 우리 모두 그 나무를 잊었다.

거리를 방황하다 문득 그 나무를 보러 가야겠다고, 그리고 어머니와 살던 그 집도 가봐야겠다고 생각했다. 울지도 않고 조용히 누워 나무 그림자를 보고 있다는 그 아기가 자주 생각났다.

그 자귀나무 그림자겠지? 마당에는 그 나무밖에 없으니까.

할머니는 여전히 나를 환영해주었고, 이 집에서 차를, 저 집에서 담배를 내왔다. 다들 내 소설이 상을 받은 것을 몰랐다. 어쩌면 알고 있었지만 그리 중요하다고 생각 안 했을지도 모른다. 다들 내 다리에 관해서, 또 일은 하느냐를 물었다. 이번에는 휠체어를 밀고 안까지 못 들어갈 것 같았다. 집집마다 방을 더 만들고 확장하느라 통로가 좁아져 자전거조차 옆으로 밀며 가야 했기 때문이었다.

나는 자귀나무에 관해 물었다. 다들 매년 꽃을 피우고 지붕까지 키가 자랐다고 했다. 그렇게 나는 그 나무를 다시 보지 못했다. 다른 사람에게 업어달라고 부탁할 수도 있었지만 그러지 않았다. 다만 2, 3년 전에 와서 보았으면 좋았을걸, 하고 후회했다.

나는 휠체어를 밀며 천천히 집으로 돌아왔다.

사람은 때로 혼자 조용히 생각할 때가 필요하고, 때로는 슬픔도 그 자체로 즐길 수 있는 대상이 된다.

나중에 그 아기가 자라면 어린 시절을 기억하고, 그 흔들리던 나무 그림자를 기억하고, 엄마를 기억할 것이다. 또 그 나무를 보러 올지도 모른다. 하지만 그 나무를 누가 심었고, 어떻게 심었는지는 알 수 없을 것이다.

# 가을날의 그리움

또 가을이 왔다.

노란색 꽃은 담담하게 우아하고,

하얀 색 꽃은 고결하고,

자홍색 꽃은 강렬하고 깊었다.

가을바람에 핀 국화꽃들은 찬란했다.

○
○

두 다리가 마비된 후 나는 시도 때도 없이 화를 내는 사람이 되었다.

북쪽으로 돌아오는 기러기 떼를 하염없이 바라보다 갑자기 앞에 있는 유리컵을 던져 박살을 냈다. 또 가수의 달콤한 노래를 듣다가 손에 잡히는 대로 물건을 사방에 던지기도 했다. 그럴 때마다 어머니는 조용히 몸을 숨겼다. 내가 안 보이는 곳으로 가서서 몰래 나의 움직임을 살폈다. 다시 조용해지면 어머니는 또 가만히 나왔다. 빨갛게 충혈된 눈으로 나를 보며 말했다.

"베이하이(北海) 공원에 꽃이 활짝 폈단다. 내가 밀고 갈 테니 같이 가자."

어머니는 늘 이렇게 말했다.

어머니는 꽃을 좋아했다. 하지만 내가 반신불수가 된 뒤 어머니가 키우던 꽃은 모두 죽어버렸다.

"싫어요. 안 가요!"

나는 축 늘어져 꼴 보기 싫은 다리를 보며 사납게 소리쳤다.

"이런 꼴로 살아서 뭐하냐고!"

어머니는 달려와 내 손을 꼭 잡고, 간신히 울음을 참으며 말했다.

"너랑 나랑…… 우리 둘이 같이 살자. 행복하게 살자……."

그때는 몰랐다. 어머니의 병세가 이미 그 지경에까지 이른 줄은…….

나중에 여동생이 말해주었다. 어머니는 아파서 밤새 뒤척이느라 잠 못 드는 날들이 많았다고.

그날 나는 집 안에 앉아 창밖에 나뭇잎이 바람에 흔들리는 모습을 보고 있었다. 어머니가 들어오시더니 창문 앞에 서서 말했다.

"베이하이 공원에 국화가 활짝 폈단다. 내가 밀고 갈 테니 같이 구경 가자."

까칠하게 여윈 얼굴에 애원하는 눈빛이었다.

"언제요?"

내 말에 어머니의 얼굴 가득 기쁨이 번졌다.

"너만 괜찮다면, 내일 갈까?"

"좋아요. 내일 가요."

예상치 못한 내 대답에 어머니는 흥분해서 앉았다가 일어났다 안절부절못했다.

"그럼 얼른 준비해야겠다."

"바로 가까이 있는데. 준비는 무슨!"

어머니도 웃더니 내 옆에 앉아서 속닥속닥 계속 수다를 떨었다.

"국화 다 보고 나서, 상선식당에 가자. 네가 어릴 때 거기 완두콩 빵을 좋아했잖니? 너 예전에 그곳에 간 거 기억나니? 나무에 달린 꽃을 보고 송충이라고 하며 놀라서 달리고, 밟고."

어머니가 갑자기 말을 멈추었다.

'달리고'와 '밟고' 같은 단어에 어머니는 나보다 훨씬 예민했다. 어머니는 조용히 밖으로 나가셨다. 그리고 그렇게 나간 어머니는 다시는 돌아오지 못했다.

이웃이 어머니를 부축해 삼륜차에 앉혔을 때, 어머니는 울컥울컥 피를 토하고 있었다. 어머니의 병세가 그 정도인 줄은 생각도 못했다. 삼륜차가 멀어지는 모습을 보면서도 그게 영원한 이별이라고는 상상하지 못했다.

이웃 형에게 업혀 병실을 찾았을 때, 어머니는 호흡조차 힘들어 보였다. 그 모습은 힘들었던 어머니의 인생 같았다. 누군가 내게 정신이 혼미한 어머니의 맺지 못한 마지막 말을 알려주었다.

"내 아픈 아들과 아직 미성년인 딸이······."


또 가을이 왔다. 여동생이 내 휠체어를 밀고 우리는 베이하이 공원

으로 국화를 보러 갔다. 노란색 꽃은 담담하게 우아하고, 하얀 색 꽃은 고결하고, 자홍색 꽃은 강렬하고 깊었다. 가을바람에 핀 국화꽃들은 찬란했다.

어머니의 맺지 못한 마지막 말이 무엇이었는지를 이해했다. 여동생도 이해했다.

우리 둘이 함께 잘살아가야 한다는…… 그 말일 것이다.

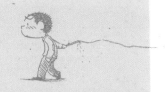

담
장
아
래
서
의
단
상

언제 어디서든 눈만 감으면

바로 그 담 아래로 간다.

조용한 담과 조용한 나 사이에

들꽃들이 꽃봉오리를 피웠고,

끝나지 않은 길은 끝나지 않은 담 벽 사이로

계속 이어진다.

○
　○

　당시에는 별로 중요하지 않던 일이 아주 오랫동안 기억 속에 뿌리
를 내린 경우가 종종 있다. 그것들은 어딘가에서 조용히 잠자고 있다
가 불현듯 깨어나, 눈을 뜨고 바라보다 당신이 승진하거나 속세를 피
해 은거하거나 아무튼 바쁜 모습을 보면 또 다시 잠을 자러 간다. 오
랫동안 그것은 너무 가볍고 사소해서 전혀 존재감을 느끼지 못한다.

　하지만 수백 번의 기회와 인연을 놓치고, 마침내 어느 날 그것과
마주하게 된다.

　세월이 인생의 모든 것을 다 소진시켜버렸는데도, 여전히 꼼짝 않
고 그곳에서 더할 수 없는 무게감으로 남아 있는 것이다.

　예를 들어 오래된 사진 한 장. 찍을 때도 별로 신경 쓰지 않았고,
찍고 나서도 아무렇게나 던져두었기에 사진을 찍은 사실조차 잊었
다. 그러다 어느 날, 옛날 물건들을 정리하다 우연히 낡은 그 사진을

보면, 그것이 나의 유래이고 내가 돌아가 안길 품처럼 느껴진다. 반면 엄숙하고 진지하게 남긴 수많은 사진은, 오히려 어디서 찍었고 왜 찍었는지도 잊고 만다.

　요즘 들어 나는 자주 그 담장을 떠올린다.

　여기저기 깨지고 부서져서 바람이라도 불면 벽돌 틈 사이의 흙이 날리던 낡은 담장이었다. 담장은 정말 길었다. 적어도 나 같은 어린아이 눈에는 그렇게 보였다. 담은 아주 길게 뻗다가 끝에서 구부러져 좁디좁은 골목으로 들어가버린다. 골목이 꺾이는 곳에는 가로등이 서 있고 바로 앞으로는 대문이 하나 있었다.

　그곳에 내 어린 시절의 친구가 살았다. 그 친구 이름을 L이라고 하자.

　L과 내가 영원한 친구인지, 우리가 싸우고 나서 다시 사이가 좋아졌는지는 중요하지 않다. 중요한 것은 한때 한 몸처럼 붙어 다녔고 이리저리 떠도는 삶의 일부를 둘의 우정으로 채우고 만들었다는 점이다.

　구불구불 이어진 골목을 걸으며 우리는 등하교를 함께했고, 겨울과 여름을 함께 보냈고, 바람소리와 매미 울음소리를 함께 들었고, 태양과 별을 함께 보았다.

　아홉 살인가 열 살 때, L은 나중에 같은 반 여자아이(M이라고 부르자)

와 결혼하겠다고 말했다. 그리고 내게도 물었다.

"너는? 누구랑 결혼하고 싶어?"

미처 준비하지 못했던 나는 잠시 생각해봤는데 아무래도 M이 제일 예쁜 것 같았다. L은 나중에 돈도 많이 벌겠다고 했다.

"웃기네. 넌 그때도 네 아빠 돈을 쓰고 있을 걸!"

어린 시절의 우정은 생각해보면 무조건 믿고 아무 방어도 하지 않는다.

L에게 정말 소중히 여기는 물건을 준 적이 있다. 그것이 책인지 장난감이었는지 정확히 기억나지는 않는다. 그런데 어느 날 우리는 싸웠다. 왜 싸웠는지도 기억나지 않는데, 싸우고 나서 내가 L을 찾아가 그 물건을 돌려달라고 했던 건 생생히 기억한다.

솔직히 말하자면 나 혼자라면 가지 못했을 것이다. 아니 달라는 생각조차 못했을 것이다. 그때 L을 별로 좋아하지 않던 다른 애들이 나를 부추겼고, 내 어깨를 치며 같이 가주겠다고 격려까지 한 탓이다. 더 머뭇거렸다간 멍청이나 바보라고 놀림을 당할 것 같았다. 그래서 갔다.

그 익숙하고 긴 담장을 따라 걷는데, 지는 해 때문에 담장 위가 찬란하게 빛났다. 그런데 기억 속에서 L의 집에 도착했을 때 가로등은 이미 노란 불을 밝히고 있었다. 아마 기억이 장난을 치는 것이리라.

문 앞에 서 있는데 조금 두려웠다. 지금껏 부추긴 친구들은 적극적으로 설득하고 격려하면서 나를 채근했다. 만약 여기서 철수하면 투항보다 비겁해진다. 책임을 회피하거나 전가할 수도 없었다. 다 내 잘못이었다. 왜 싸우고 나서 L에게 물건을 준 것을 다른 사람에게 말했을까? 그들의 지적과 부추김은 그로 인해 일어난 것이다.

마당으로 들어가 L을 부르자 L이 나왔다. 그는 내가 온 이유를 듣고 잠시 멍하니 나를 쳐다보더니 대문 밖에서 기다리라고 했다. 그러고는 엄마 몰래 집으로 들어가더니 문제의 물건을 가지고 나와 건네주고는 아무 말 없이 다시 집으로 들어갔다.

결론은 언제나 너무 간단하다. 눈 깜짝할 사이에 다 끝났다.

함께 온 친구들은 가로등 아래에서 헤어져 각자의 집으로 돌아갔다. 그들은 내 손에 들린 물건을 보더니 어쨌든 한마디씩 했다.

"이걸 왜 줬어?"

목소리와 표정 모두에서 올 때의 열정은 사라졌다. 그 물건이 가져올 실망과 슬픔은 예상하지 못했다.

혼자 담장 가까이에 붙어서 돌아왔다. 담장은 정말 길었고 또 황량했다. 기억은 여기서 또 착각을 일으킨다. 그때의 가로등은 아직 안 켜졌고, 마주 오는 사람의 얼굴이 잘 보이지 않았던 것으로 기억한다. 부드럽게 불어오는 저녁 바람은 원망하는 마음을 잊게 했지만, 내 영혼도 황혼 속으로 날려가 그 담장 안으로 사라져버린 것 같았다.

나뭇가지 한 개를 주워들어 벽 이곳저곳을 아무렇게나 긁자 벽돌

틈 사이의 고운 흙들이 아래로 우수수 흘러내렸다……. 순식간에 모든 것을 떠나보냈고 잊었지만, 그 뿌리는 기억으로 들어와 미래의 어느 날 불현듯 나타날 때를 기다리며 숙성되고 있었다.

이 기억이 아마도 담에 대한 나의 첫 인상일 것이다.


뒤이어 다른 담과 벽들의 기억도 깨어나기 시작했다.

몇 년 전, 저녁 무렵 산책을 나섰다. 휠체어를 밀며 어린 시절에 놀았던 후통(胡同, 베이징 전통가옥인 사합원이 바둑판처럼 복잡하게 이어진 골목—옮긴이)에 가보았다. 사실 지금 우리 집과 멀지 않아서 여러 번 지나쳤지만 바빠서 들어가보지는 않았다.

어린 시절 그 후통 제일 안쪽에는 붉은 벽돌로 쌓아올린 짧은 담장이 있었는데, 담장 위로는 날카로운 유리조각들이 잔뜩 꽂혀 있었다. 여덟, 아홉 살 먹은 우리는 늘 담장 안 사람들의 평안을 방해했다. 나무 위에 올라가 담벼락에 매달려선 축구공이 집 안으로 들어갔으니 던져달라고 애원했다. 담장은 골목 안 깊숙이 숨어 있었지만 골목 입구의 폭이 축구 골문으로 딱 적당했던 탓에, 바깥쪽 공터에서 축구하다 골문을 향해 공을 차다보면 매번 담을 넘어 그 집 안으로 떨어졌다. 사람 좋았던 그 집 사람들은 우리가 부탁하면 아무리 길어도 10분 내에는 공을 다시 던져주었다.

그런데 어느 날, 축구공이 스스로 농구라도 배웠는지 슈웅 날아가 그 집 마당에 걸어둔 국수 삶는 솥에 정확히 떨어졌다. 얼른 나무 위에 올라가 안을 살펴보니 눈처럼 하얀 국수 가락이 땅에 여기저기 떨어져 모락모락 김이 나고 있었다.

당시는 계속된 흉년으로 어려웠던 시기였다. 축구는 작은 일이었다. 우리는 어두운 틈을 타 허겁지겁 줄행랑을 놓았다.

며칠 후, 우리는 각자 보호자의 인솔하에 그 집을 찾아가 문제의 축구장을 봉쇄하는 것을 대가로 축구공을 찾아올 수 있었다.

줄줄이 이어진 좁은 골목은 여전하거나 더 나이가 들었다. 국경절 기간이라 집집마다 오성기가 걸려 있었다. 변화는 거의 없어 보였다. 축구장은 이미 오래전에 식당과 공용화장실 밑에 깔려버렸고, 골문 역할을 하던 그곳은 식당의 뒷담과 마주보게 돼 그 집 사람들은 예전보다 훨씬 평온하게 보내고 있을 것 같았다.

나는 휠체어로 골목골목을 다니며 한가로이 국경절의 밤을 보냈다. 그러다 갑자기 마주한 청회색 담장에 마음이 요동치기 시작했다. 조금만 더 가면 유치원이다! 청회색 담장은 아주 높았고 그 안에는 더 높은 나무가 있다. 그 나무 위에 새집이 있었는데 지금은 보이지 않았다. 유치원에 가려면 이곳을 반드시 지나야 했으므로 이 높은 담이 보이면 집으로 돌아갈 수 있다는 희망은 산산이 부서졌다. 그 청회색 담은 일종의 엄혹한 신호처럼 어린 시절의 공포를 불러일으켰다.

이런 '조건 반사'는 어느 한여름날 오후 내 마음에 단단히 새겨졌다.

그것을 분명히 기억하는 이유는 매미소리가 사방을 찌르는 계절이었기 때문이다. 그날 오후 어머니는 먼 곳으로 출장을 가야 했다. 내 가장 간절한 희망은 어머니가 출장을 안 가시는 것이고, 그다음 희망은 유치원에 가지 않고 집에서 할머니랑 있는 것이었는데, 그 두 가지 모두 이루어지지 않았다. 난 울음으로 쟁취하려 했으나 실패했다.

지금 생각해보면 어머니는 멀리 가기 전이면 항상 엄격하셨다. 울음을 그치지 않자 나를 데리고 밖으로 나오셨다. 문밖을 나서면서도 나는 유치원은 안 가겠노라고 다시 한 번 고집을 피웠다. 어머니는 거리로 나가 맛있는 것들을 사주셨는데, 상황은 여전히 의심스러웠지만 이미 멀리까지 왔고 유치원으로 가는 길도 아니어서 어머니의 치맛자락을 잡고 있던 내 마음도 한결 가벼워졌다. 그런데! 입에 넣은 과자의 달콤한 맛이 막 느껴지는 찰나, 바로 눈앞에 그 청회색 담장이 모습을 드러냈다. 다른 길로 돌아온 것이다!

나는 대성통곡을 했지만 이미 돌이킬 수 없음을 알고 있었다. 그래도 일단 유치원 문을 들어오면서 울음은 알아서 그쳤다. 이곳에는 기댈 데가 없으니 말 잘 듣는 아이가 되는 것이 가장 효과적인 방책임을 알고 있었다. 유치원 담 안에는 반드시 겪어내야 할 어떤 '재난'이 있다. 아니, 어쩌면 내가 천성적으로 겁 많고 걱정 많은 아이이기 때문일지도 모른다.

3년 전에 이사 온 집은 창문 밖으로 유치원이 보였다. 아침마다 잠

곁에 유치원 문 앞에서 울부짖는 아이들 소리가 들린다. 나는 일부러 그 유치원 문 앞에 가보았다. 유치원에 들어가기 싫다고 버티는 아이들의 저항은 죽음을 불사할 듯 장렬했지만 일단 문 안으로 들어가면 아이들은 바로 울음을 멈췄다. 공포는 억울함으로 바뀌고, 눈물을 삼키며 하늘을 보면서 저녁이 올 것이라는 희망을 품는다. 나보다 그 아이들의 마음을 이해하는 이는 없을 것이다. 그렇다 해도 일찍부터 담장에 어떤 감정이 생기는 건 결코 나쁘다 할 수 없다.

내가 결코 잊지 못하는 기억은 어머니가 그 청회색 담장 앞에서 사라지던 모습이다. 물론 어머니는 그 담을 돌아가신 것이지만 내 인상에는 어머니가 그 담장 안으로 들어간 것으로 남아 있다. 문도 없는데 어머니는 걸어 들어갔다. 그 높고 높은 나무에서는 매미가 크게 울었고, 그 높고 높은 나무 아래의 어머니 그림자는 아주 작았다. 공포로 떨던 내게 그곳은 바로 아주 먼 곳이었다.


창문가에 앉아 가까이 또 멀리 절벽처럼 빽빽이 늘어서 있는 높고 낮은 담장을 본다. 나는 지금 아주 긴 시간 동안 담장들을 본다. 사람들이 사는 곳에는 반드시 담과 벽이 있다. 우리는 모두 담과 벽 안에서 살며 그 안에서 안심하고 별 걱정 없이 일상의 일들을 수행한다. 규칙적으로 늘어서 있는 건물을 보면 도서관의 도서목록카드가 떠오른다. 오직 신만이 그 모든 서랍을 열고 수억 명의 마음에 담긴 비밀스런 역사를 열람할 수 있고, 부서진 담 사이로 나온 꿈들이 봉쇄된 담장 안에서 떠돌고 있는 것을 볼 수 있다. 그리고 죽음의 신은 시간에 맞춰 와 손을 뻗어 제비 뽑듯이 골라 몇 명을 데려간다.

우리는 때로 자동차, 기차, 비행기를 타고, 먼 길을 마다않고 초원이나 바다, 숲 그리고 사막까지 담이 보이지 않는 곳을 찾아 떠난다. 하지만 그렇다고 해서 우리가 담을 벗어날 수 있는 것은 아니다. 담은 언제나 자신의 마음속에 있다. 마음속에서 두려움을 쌓고 그리움을 불러일으킨다. 담에서 벗어나려 출발하지만 부메랑처럼 다시 담으로 돌아오는 것이다. 당신이 먼 길을 마다하지 않고 떠나려 할 때, 로빈슨 크루소는 그 먼 길을 돌아오려 한다.

철학가는 전에는 노동이 인간을 창조했다고 하더니 이제는 언어가 인간을 창조했다고 말한다. 담도 인간을 창조한 것 아닌가? 언어와 담의 근본은 비슷하다. 열리지 않는 문 앞에는 무너지지 않는 담장이 있다. 구조니, 구조의 해체니, 후기 무슨 주의니……랄랄라, 랄랄라……놀이의 열정은 언제나 넘쳐나지만 우리는 여전히 사방 벽에 포위되어 있다.

담장을 전부 다 무너트리면 안 될까? 창문 앞에 오랜 시간 앉아 마법을 상상했다. 랄랄라, 랄랄라 마법의 주문을 걸면 모든 담 벽이 한순간에 다 사라져버린다고 상상해보자. 어떻게 될까? 아마 사람들은 개미굴에 뜨거운 기름을 부은 것처럼 다들 당황해 허둥댈 것이다. 어디로 가야 할지 몰라 갈팡질팡하고 어떻게 할지도 모르면서 뭘 하려 하겠는가? 무엇을 할지 그냥 잊어버리면 되고, 그냥 아무데서나 먹고 자면 되겠지. 그러다 결국에는 점점 재미없는 게 싫어질 것이다. 그래서 사람들은 다시 머리를 맞대고 생각한다. 아무래도 다시 담을 쌓아야겠다고. 그래서 담을 쌓고 집을 짓는다. 단순히 비바람을 막기 위해서가 아니다. 누구나 다 저마다의 비밀이 있기 때문이고, 그다음은 당연히 약간의 재물 때문이다. 비밀, 믿지 못하겠다면 천천히 생각해보라. 비밀은 모든 재미의 최고봉이다.

사실 비밀 자체가 이미 담이다. 뱃가죽과 눈꺼풀도 모두 담이고, 거짓 미소와 거짓 눈물도 담이다. 다만 이런 담은 너무 약하고 피곤한 게 맘에 들지 않아 좀 더 내구성을 더해 보완을 강화하려고 한다. 설령 이런 마음의 벽은 쉽게 허물 수 있다고 해도, 산과 물 모두가 담이고, 하늘과 땅도 담이고, 시간과 공간도 모두 다 담이다. 시간과 공간도 담이고, 운명은 무한한 속박이고, 신의 비밀은 끝없이 이어지는 담이다. 정말로 이 비밀의 담까지 다 없애려 한다면, 어쩌면 오래 꿈꿨던 이상을 실현하게 된 것 같겠지만 기다려보라. 재미를 잃어버린 세상은 아무것도 하지 않고 그저 잠만 자고, 잠꼬대조차 할 말이 없는, 의욕이라고는 사라진 곳이 될지도 모른다.

재미는 중요하고 또 중요하고, 비밀은 정말 잘 지켜져야 한다.

비밀을 캐고 싶다는 욕망은 마침내 의미라는 담 밑을 파헤치려

한다.

살아가는 데는 의미가 필요하다는 이 상투적인 말은 그 어떤 주의로도 뒤집지 못한다. 무슨 주의 앞에 후기後期자를 더해도 마찬가지다.

예를 들어 사랑. 사랑은 물욕에 잠시 자리를 뺏길 수는 있겠지만, 그것 때문에 완전히 사라진다고는 생각하지도, 믿지도 않는다.

'아무것도 대단할 게 없는' 날들도 결국엔 끝이 나고, '아무것도 신경 쓰지 않는' 단계에 이르면 아마도 '시원하게' 담장으로 달려가 부딪치게 될 것이다. 담에 부딪쳐도 죽지 않았다면 그 다음 단계는 고개를 들어본다. 그때 담장은 이렇게 말하는 것 같다.

'이봐! 어디 가고 싶은데? 뭘 하려는 거야?'

숨고 싶고 피하고 싶어도 그럴 수 없고, 의미는 채권자처럼 당당하게 찾아와 문을 두드린다.

의미의 원인은 의미 자체일 경우가 많다. 왜 의미가 있어야 하는가? 왜 생명이 있어야 하고, 왜 존재해야 하고, 왜 있어야 하는가? 중량(무게)의 원인은 인력引力인데, 인력의 원인은 무엇일까? 그것은 또 중량이다. 물리를 공부한 친구는 이렇게 말했다.

"절대로 운동과 에너지와 시공을 분리해서 이해하려고 하지 마!"

나 역시 이 말에 영감을 얻어 이렇게 말하고 싶다.

"절대로 사람과 의미를 분리해서 이해하려고 하지 마라!"

인간의 욕망 때문이 아니라 인간이 바로 욕망 자체이기 때문이다.

이 욕망은 에너지이고, 에너지는 바로 운동이고, 운동은 앞으로 또는 미래를 향해 나아간다. 앞날과 미래는 모두 다 '무엇이냐'와 '왜'로 이루어져 있어 필연적으로 따르는 의문이 의미를 탄생시킨다.

신이 6일째 되는 날 인간을 만든 이유이기도 하다. 신은 메피스토텔레스(《파우스트》에서 파우스트 박사와 계약을 맺어 그의 혼을 손에 넣은 악마―옮긴이)보다 훨씬 더 강한 힘을 갖고 있다. 그 어떤 마법과 주문도 이 하루의 성과를 없애지 못한다. 이 하루 뒤에 이어지는 모든 날에서 당신은 어떤 의미에서는 벗어날 수 있을지 모르나 무수한 의미에서는 결국 벗어날 수 없다. 한 번의 여행은 피할 수 있어도, 삶이라는 긴 여행은 피할 수 없는 것과 같다.

그 의미가 아니라 저 의미이고, 어쩌면 아무런 의미도 아니다. 밀란 쿤테라의 소설 '존재의 참을 수 없는 가벼움'과 같다. 당신은 무엇인가? 삶은 대체 무엇이고, 생명은 또 무엇인가? 너무 가벼워서 측량조차 할 수 없는 중량의 당신은 마땅히 사라져야 한다.

L에게 물건을 돌려받고 돌아오는 길에서의 그 황망함은 당시에는 너무 어렸기 때문에 어떻게 표현해야 할지 몰랐다. 지금 생각해보니 분명히 그 '가벼움(輕)' 때문이었다.

귀한 보물이 순식간에 쓰레기처럼 취급되고, 삶의 한 부분이 가볍게 날아가 사라져버렸다. 없어졌다. 대단하다고 생각했는데 사실은 원래부터 아무것도 아니었다. 쉽사리 간단하게 없어지고 사라져버렸다. 삶의 한 부분 가벼움이 전체의 무거움을 위협하고, 영혼 속으로 침투했다. 삶의 모든 단락이 이 지경으로 끝나버리는 게 아닐까? 하는 두려움이 밀려온다.

인간의 근본적 공포는 바로 이 '가벼움'이란 글자에 있다. 경시와 무시 같은, 조소 같은, 가난한 자의 손에 들린 휴지조각이 된 주식 같은, 실연 같고 죽음과도 같다. 가벼움이 가장 무섭다.

삶의 의미를 요구한다는 것은 바로 삶과 존재에게 무게감을 요구하는 것이다. 각종 무게는 담에 부딪혔을 때 비로소 제대로 측량된다. 하지만 많은 무게는 죽음의 신의 저울 위에서는 여전히 가볍다. 저울 눈금은 터무니없게도 평형에 가깝다. 때문에 무게가 필요하다. 그것을 위해 기꺼이 살고, 그것을 위해 기꺼이 죽고, 그것을 위해 기꺼이 지치고, 삶을 갈망하고, 그 인력 아래서 기꺼이 생명을 다 소모하고자 할 수 있어야 한다. 억지로 하는 것이 아니라 분명히 깨어 있는 상황에서 따르는 것이다.

신성神聖은 영혼에 대한 신의 측량이고, 영혼의 무게를 확인하는 것이다. 죽음이 다가왔을 때도 의식儀式이 있다. 먼지든 흙이든 상관없다. 지난날이 조용히 증발하는 것을 보고, 무엇이 아직도 무겁게 남아 있는지 들을 수 있다. 현실에는 없다 해도 그래도 아름다운 위치에 남아 있기만을 바란다.

그러니 나와 L의 우정은 아름다운 위치에서 묵직한 무게로 남아 있지 않을까?

　담장을 뚫고 나가겠다는 욕망을 없애서는 안 된다. 그렇게 되면 다시 나태함에 빠져 잠들어 코를 곯게 될 것이다.

　담은 그대로 받아들여야 한다.

　나는 담을 벗어나기 위해, 담 아래로 걸어간 적이 있다.

　우리 집 근처에 있던 황폐한 공원은 부서졌지만 견고한 담이 둘러싸고 있었다. 넋이 나갔던 그 세월 동안 나는 휠체어를 밀고 거기로 가곤 했다. 주위에는 아무도 없어 조용하고 적막했다. 조용한 나와 조용한 담벽 사이에는 야생화가 가득했고, 억울함이 가득했다. 나는 주먹을 쥐어 담을 쳤고, 돌로 내리찍었고, 그 앞에서 눈물을 흘렸고, 욕을 해댔다. 하지만 담장은 약간의 흙먼지만 떨굴 뿐 전혀 미동도 없었다. 하늘이 변치 않는 한 도리 역시 변치 않는다. 늙은 측백나무는 천년을 하루같이 가지를 뻗었고, 구름은 하늘 위를 걷고, 새는 구름 위를 날고, 바람은 풀숲에 오르고, 야생풀은 대를 이어 뿌리를 내린다.

　나는 담을 바라보며 기도했다. 두 손을 모으고 적당한 기도문이나 잠언을 지어 소리 내어 말했다. 내게 죽음을 달라고, 아니면 걸을 수 있는 다리를 달라고…….

　눈을 떠보니 위대한 담장은 여전히 위대하게 서 있었고, 담장 아래에는 신의 관심 밖에 있는 이가 멍하니 앉아 있었다. 석양이 공원을 물들이고, 몽롱하게 잠이라도 들게 되면 꿈에서는 자주 말라버린 우물로 뛰어들었다. 우물 벽은 높고 미끄러웠고, 비명소리는 우물 안에서 웽웽 맴돌며 부딪혔다. 아무도 듣는 이 없었고, 우물 입구의 바람에는 여전히 조용한 원망이 가득했다. 소리치다 깨면 아직 나는 살아 있었고, 내 비명소리는 누구도, 무엇도 놀라게 하지 않았다.

담 위에는 푸른 윤기가 감도는 마른 이끼가 가득했고, 거미가 만들어놓은 가늘고 섬세한 거미줄이 있었고, 길 가다 죽은 듯한 달팽이 몸 뒤로는 비늘조각 같은 발자국이 길게 늘어져 있었다. 어느 이름 모를 이가 써놓은 3.1415926……도 선명하게 남아 있었다.

이 담장 아래, 어느 겨울에 나는 한 노인을 만났다. 기억과 인상 사이에는 언제나 몇 가지 번거로운 오류가 튀어나온다. 기억은 그것이 이 담이라고 말하지 않는데, 기억 속 인상은 언제나 노인을 이 담 아래로 옮겨놓는다.

눈이 오고 난 뒤, 달빛은 몽롱했다. 끼익끼익 소리를 내며 눈길을 지나는 휠체어 바퀴소리가 공원의 유일한 소리였다. 그렇게 가다가 어디선가 부드럽고 낮은 피리소리가 들렸다.

측백나무 가지가 흔들리면서 가지 위 눈이 흩날리는 중에, 그 소리는 들릴 듯 말 듯해서 무슨 노래인지 알 수는 없었다. 하지만 그 낮고 무거운 곡조는 당시의 내 심정을 정확히 두드렸다. 귀 기울여 들어보니 분명 〈소무목양蘇武牧羊〉이었다. 곡이 끝나자 마음도 노래처럼 처량해졌는데, 갑자기 담장에 그림자가 아른거렸다.

그때서야 한 노인이 담을 등지고 돌 의자에 앉아 있는 것이 보였다. 검은 옷의 흰 머리가 어딘지 비현실적이었다. 눈이 쌓인 땅과 달빛은 비범하게 고요하고 평화로웠다. 대나무 피리소리가 또 울렸다. 여전히 들릴 듯 말 듯, 끊어질 듯 말 듯한 피리소리는 멀리 퍼지지도 않고 노인의 입가에만 머물렀다. 기운이 딸려서일 수도 있고, 또 어쩌면 이 곡이 지금까지 그런 기구한 세월을 보내서인지도 모르겠다. 피리가락은 끊길 듯 말 듯 이어졌고, 숨을 뱉는 노인의 숨소리가 오히려 더 선명하게 들렸다. 한 곡이 끝나자 노인은 피리를 다리 위에 걸쳐 올리고, 두 손을 무릎 위에 올렸다. 그가 눈을 감고 있는지는 보이지 않았다. 나는 놀랐고 또 감동했다. 그 피리소리와 그 소리가 멈추는 고요함을 들었다. 하늘이, 신이 나를 이끈 것이라 생각했다.

그날 밤의 피리소리와 노인은 오랫동안 내 마음에 있었다. 하지만 그들이 나를 어느 곳으로 이끌려 했는지는 알 수 없었다. 나를 살게 하는 데 그런 신비함까지는 필요 없었을지도 모른다.

그러던 어느 날, 내가 다시 담과 이야기하게 되면서 그날 밤의 그 피리소리가 무엇을 말해주었는지 깨닫게 되었다.

그것은 받아들이라는 것이었다.

천명의 한계를 받아들이고 ── 달마대사의 면벽수도 역시 이렇지

않았던가?— 장애를 받아들이라는 것이었다. 고난을 받아들이고, 담장의 존재를 받아들이는 것이었다.

눈물과 외침은 모두 다 벗어나고 싶어서다. 분노와 욕설도 벗어나고 싶어서다. 공손함과 납작 엎드리는 것 역시 나를 가로막고 있는 담에서 벗어나고 싶어서다.

나는 자주 그 담과 이야기한다. 소리를 내어 말한다. 묵상만으로 벗어날 수 없으면 소리를 내서 질책하고, 소리 내서 요구하고 상의한다. 어르고 달래고 위협하는 강온양책을 다 쓴다. 하지만 아무 소용이 없었다. 협상은 언제나 결렬이었다. 나의 모든 조건에 그는 답하지 않았다.

담은 그냥 받아들이라 했다. 그 한 가지 뜻을 반복적으로 공표했다. 비굴하지도 거만하지도 않게 그냥 당신이 들을 때까지 말한다. 당신이 더 묻지 않고, 담이 당신에게 묻는 말을 들을 때까지 계속한다. 그때의 대화가 진짜 대화라 할 수 있다.


나는 계속 글을 쓰고 있다. 그렇지만 글을 써서 무언가 이루겠다는 생각은 전혀 없다. 그게 작품이든 작가든 무슨 주의든. 펜으로 쓰나 컴퓨터 자판을 치나 모두 다 벽을 앞에 둔 대화이고, 먹고 자는 일처럼 꼭 해야 하는 일일 뿐이다.

계속 이사를 다니다 마침내 그 공원과 멀어져서 아무 때나 갈 수 없게 되었다. 예전에 이 공원을 떠나면 나는 무엇을 떠올리게 될까, 생각해본 적이 있다. 사방을 둘러싼 그 담장을 가장 그리워하게 될 줄은 그때는 생각도 못했다.

오랫동안 아무도 묻지 않았지만 그 담장 위 깨진 벽돌 틈 사이로 자라난 작은 나무들이 생각난다. 언제 어디서든 눈만 감으면 바로 그 담 아래로 간다. 조용한 담과 조용한 나 사이에 들꽃들이 꽃봉오리를 피웠고, 끝나지 않은 길은 끝나지 않은 담 벽 사이로 계속 이어진다. 아주 많은 일을 그 담에게 들려주고, 그 이야기를 손 가는 대로 기록한 것이 글쓰기다.

황토 땅에 울려 퍼지던

사랑노래

하지만 사랑이 아무리 핍박받는다 해도,

스무 살 남짓의 청춘남녀들이

사랑하지 않는 것이 가능이나 할까?

사랑을 못 하게 막는 것이 가능할까?

심각한 문제가 있지 않는 한 불가능한 일이다.

나는 내가 아직 젊다고 생각한다. 20대 청년들과 같이 이야기하고 놀아도 세대 차이를 전혀 느끼지 않는다. 가끔 내가 벌써 40대라는 걸 생각하면 나도 모르게 놀라고 만다.

어느 주말, 집에 손님이 몇 명이 왔는데, 모두 20대 청년들이었다.

다들 평탄하게 살았고, 다 대학을 졸업했고, 모두 연애를 하고 있었다. 그래서 사랑의 아름다움에 대해 이야기하면서 아무런 거부감이나 금기도 없이 즐겁게 웃고 떠들었다. 계속 그런 이야기들을 나누던 상황에서 무엇 때문인지 갑자기 화제가 바뀌어 생산대 이야기가 나왔다. 그들은 내가 왜 불구가 되었는지 물었고, 내가 생산대에서 병이 났다고 했기 때문이다. 그들은 침묵했고, 잠시 후 그중 한 명이 말했다.

"우리 부모님도 제게 생산대 이야기를 많이 들려주세요."

"뭐라고? 다시 한 번 말해봐!"

"우리 어머니 아버지도 두 분의 생산대 시절 이야기를 많이 해주신다구요."

그렇게 시작된 이야기는 계속 이어졌다.

"네 부모님도 생산대에 참가했다고?"

"그럼요. 뭐가 잘못됐어요?"

"어디서?"

"산시(山西)성, 다퉁(大同)이요."

"자네 올해 몇이지?"

"스물한 살이요. 지식청년°의 2세대죠. 제가 첫째예요."

"아버지 어머니는 몇 회인데?"

"66년이요. 고3. 올해 마흔다섯 살이세요."

맞다. 그는 생산대에 참가한 이들만 아는 내용을 정확히 알고 대답했다. 나는 속으로 생각했다.

'그렇다면 우리 1세대 지식청년의 2세대가 벌써 연애를 하고 사랑을 말하는 시기가 된 건가? 그럼 3, 4년 후면 우리는 할아버지 할머니가 된다는 건가?'

"자넨 몇 년도에 태어났지?"

나는 멍하니 그를 쳐다보았다. 솔직히 아직 완전히 믿어지지가 않았다.

"1970년이요. 저희 부모님은 68년도에 생산대에서 돌아와 1년 후에 결혼했고, 그 다음해에 제가 태어났어요."

그 말에도 여전히 멍했다. 머리부터 발끝까지 그를 몇 번이나 훑어보았다.

"혹시 제가 태어나면 안 되는 거였나요?"

그가 장난치듯 말했다.

"아니, 아니 아니야!"

다급하게 부정하는 내 모습에 다들 웃음을 터트렸다.

나는 웃으면서 생각했다. 그의 출생은 분명 그의 부모를 아주 어려운 상황에 처하게 만들었을 것이다.

"자네 부모님은 생산대에 대해 어떻게 말하던가?"

그는 별 고민도 없이 부모님에게 들었던 이야기 중 가장 인상 깊었던 일을 들려주었다.

그의 부모는 첫해에 베이징으로 가족을 만나러 가면서, 농촌에서 1년을 일했지만 차비조차 모으지 못해 어쩔 수 없이 무임승차를 했다. 기차를 탈 때는 가족이 배웅하러 플랫폼까지 들어올 수 있는 입장표를 사서 기차에 탈 수 있다. 혹시 승무원에게 들켜도 돈이 없으면 그냥 내리게 하는 경우가 대부분이다. 돈이 없어도 젊은 청춘이니 상관없었다. 튼튼하고 건강한 몸이 있으니 여관을 잡을 돈이 없으면 기차역에서 자고, 기차에 자리가 없으면 서서 가면 된다. 기차표 검사를 하러 오면 얼른 화장실에 가서 숨고, 발각되면 기차에서 내려야 했지만, 그럼 또 다른 기차를 기다려 타면 된다.

그의 부모는 집으로 가고 싶은 열망에 그렇게 긴 여정을 마치 성지 순례하듯 베이징으로 향했다.

그렇게 밤낮 없이 몇날 며칠을 오다보니 그 둘은 피곤에 지쳤다. 어느 날, 역시 무임승차로 기차에 올랐는데 이번엔 하늘이 도왔는지 승객이 거의 없어서 둘은 각자 서너 좌석을 차지하고 누웠다. 몇 시간을 내리 그렇게 자면서 왔는데 점차 승객이 많아졌고, 누군가 남편을 깨우며 남의 자리에 그렇게 누워 자면 안 된다고 했다. 그는 고개를 끄덕이며 일어섰다. 잠시 후, 누군가가 이번엔 아내를 깨우기 시작했다. 남편은 그 모습을 지켜보기에 마음이 아팠다. 사랑은 지혜를 준다. 순간 그는 재치를 발휘해서 그녀를 가리키며 말했다.

"건드리지 마세요. 미친 여자예요."

그 말에 사람들은 놀라 뒤로 물러났고, 덕분에 아내는 아주 달게 자며 갈 수 있었다고 했다.


그의 출생이 부모를 어렵게 만들었다고 생각한 이유는 단순히 경제적 문제뿐만 아니라 더 중요한 여론 때문이다. 당시의 중국은 사랑을 부끄럽게 여겼고, 어쩔 수 없이 저지르는 잘못처럼 생각했다. 특히 남녀 지식청년이 농촌에 와서 큰일도 하지 않고, 사랑을 먼저 말한다면 당시 상황에서는 혁명의지가 꺾인다고 말들이 많았을 것이다.

혁명, 발전, 기여 그리고 지난한 분투…….

이런 개념과 사랑은 물과 불처럼 섞일 수 없는 것이라 생각했다. 혁명의 교과서 같은 연극 속의 영웅들은 대부분 독신이다. 그때 당시 사랑은 도망친 죄인마냥 결코 떳떳하고 정당하게 드러낼 수 없었다. 연극에서도, 책에도 있어서는 안 되고, 노래가사 역시 안 되었다.

믿지 못하겠으면 확인해보라. 당시 중국의 노래 가사에서 아마 '사랑'이라는 단어는 절대 찾아낼 수 없을 것이다. 때문에 나는 이 젊은 친구를 보면서 그 시대에 용감했던 그 부모에 대해 마음속 깊이 감탄하며, 그들의 고난을 생각했다.

하지만 사랑이 아무리 핍박받는다 해도, 스무 살 남짓의 청춘남녀들이 사랑하지 않는 것이 가능이나 할까? 사랑을 못 하게 막는 것이 가능할까? 마음에 심각한 문제가 있지 않는 한 불가능한 일이다.


그때 나와 함께 생산대에 간 아이들은 스무 명이었다. 나이가 많은 이가 만 열여덟 살, 적은 이는 채 열일곱이 되지 않았다. 우리는 베이징에서 기차를 타고 시안과 통촨(銅川)에 가서 다시 기차를 갈아타고 옌안(延安)에 도착했다. 가는 길 내내 우리는 마치 여행이라도 가듯 희희낙락 즐거웠다. 차분히 가라앉을 때면 미래를 생각하며 낭만적인 감상과 함께 고난도 떠올렸다. 하지만 어려울수록 더 앞으로 나가

자고 다들 마음속으로 다짐하며, 자신이 나아갈 길의 숭고함과 호방함을 생각했다. 그런 다음 서로 격려하며 다짐했다.

"우리는 절대 의기소침해선 안 돼!"

"맞아! 맞아!"

"절대로 나쁜 걸 배워서는 안 돼!"

"당연하지!"

"나라를 위해 뭐라도 해야 해!"

"혼자는 힘들겠지만, 다 같이 하면 돼!"

"절대 담배를 피워서는 안 돼!"

"담배 피는 사람이 있으면 다 같이 손봐주자!"

"그리고 무엇보다 절대로 연애해서도 안 되고, 결혼도 안 돼!"

"에이……."

모든 사람이 일제히 경멸과 혐오스러운 표정을 지었다. 한 걸음 더 나가 어떤 이는 평생 그런 저속한 짓은 절대 하지 않겠다고 선포도 했다.

하지만 생산대 2년째 되던 해, 우리는 먼저 '담배를 피우면 안 된다'는 규율을 폐기했다.

산에서 하루 종일 일하다 저녁에 내려와서 멀건 죽 몇 사발 들이키는 것으로는, 배고픔을 참을 수 없었다. 게다가 밤이 되면 할 일도 없고 배도 고프니, 입이 심심해 견디기 힘들었다. 2마오(현재 환율로 35원)

로 담배 한 갑을 사면 몇 사람이 이틀 밤을 즐길 수 있었다. 그 당시 우리에게 담배는 입의 욕망을 충족시킬 수 있는 가장 경제적인 방법이었다. 하지만 담배 피우는 것을 여학생에게 들켜선 안 된다. 우리를 무시할 것이기 때문이다. 이 부분이 조금 미묘한데, 독신을 선언해놓고 이성의 평가에 신경 쓴다는 점이 말이다.

아무튼 그 부분은 그렇다 치고, 우리는 또 모이면 '그렇고 그런 노래'도 불렀다. 그렇고 그런 노래란 '모스크바의 밤'이니 '카추샤'니 '불빛', '등불', '붉은 강변의 마을' 같은 노래였다. 누군가《외국명곡 200곡》이란 책을 갖고 왔는데 다들 가사에 마음을 빼앗겼다. 예를 들어 '작은 길이 구불구불 가늘고 길게 이어져 저 멀리 안개가 가득한 곳까지 이른다. 나는 그 길을 걸어 사랑하는 이와 함께 전장에 올랐다……' 또는 '아가씨가 전장에 나가는 전사를 배웅하네. 그들은 깊은 밤에 그 계단 앞에서 이별한다네. 옅은 안개 사이로 청년은 아직 불빛이 반짝이는 그 아가씨의 창문을 본다네……' 같은 가사였다.

얼마나 아름다운 가사인가. 다들 그렇고 그런 노래가 아니라며, 하나도 야하지 않다며 오히려 아주 혁명적인 노래라고 감탄했다. 그래서 우리는 노래를 배웠다.

저녁 무렵 황혼의 등불 아래서 열심히 노래를 배우고 불렀다. 그 열정은《마오쩌둥 어록》을 공부하는 것보다 절대로 뒤지지 않았다.

집 문을 열고 나가 벼랑 끝에 앉아 달빛이 비치는 산들을 바라본다. 발아래에의 그 칭핑(清平)강은 쉬이쉬이 밤낮을 쉬지 않고 흘러갔다.

우리의 노랫소리는 산에 부딪쳐 메아리로 돌아와 칭핑강을 따라 천천히 흘러 저 멀리로 흩어졌다. 노래 한 곡을 다 부르고 잠깐 쉬노라면 다들 무언가 느낀 듯 아무 말도 하지 않았다.

무엇에 감동한 걸까? 그건 모르겠고 적어도 우리가 노래할 때 '아가씨'라든가 '사랑하는 이'라는 가사가 나오면 다들 자연스럽지 못했다. 아직 여운이 남은 채로 다시 노래를 불렀다.

'이리 와서 내 옆에 앉아요. 그렇게 급히 떠나지 말고. 당신의 고향은 붉은 강가 마을임을 기억해요. 그곳에는 당신을 사랑하는 아가씨가 있어요.'

이 노래도 혁명적인가? 상관없다! 이 가사는 우리의 마음을 더욱 흔들었다. 그때 만약 우리 중에 여학생이 있었다면 그 누구든 아마 가사처럼 걸어가서 그녀 옆에 앉았을 것이다. 스물 남짓의 청춘에게 사랑은 주류다. 사랑을 반대하는 반동은 그저 역류일 뿐이지만 그 시대에는 그것이 더할 수 없이 강력해서, 여학생들 앞에서는 감히 그 노래를 부를 수 없었다. 불량하다고 욕할까 두려웠기 때문이다.

사랑이라는 주류는 그저 마음속에서만 흐를 뿐이었다. 그리고 결코 막을 수 없었다. 일하고 돌아오는 길에 산길을 걸으며 종종 노래를 불렀다. 노래를 부르며 개울을 건너고 다리를 건너고, 노래가 한

참 절정에 다다를 때 바로 앞에서 한 무리의 여학생을 만났다. 얼른 노래를 멈췄지만 날이 이미 저물어 조용한 시각이라 아마 노랫소리는 분명 그녀들 귀에 들어갔을 것이다. 물론 속으로는 귀뿐 아니라 마음에도 전해졌기를 바랐다. 하지만 겉으로는 다들 당황했다. 이제 어쩐다?

"괜찮아! 담력을 키우라고!"

"신경 쓰지 마! 남자 체면이 있지!"

"들었을까?"

"그럼 안 들었겠냐?"

"다들 얼굴이 빨개졌던데."

"정말?"

"당연하지!"

"그 말을 믿냐?"

"내 말이 거짓이면 사람이 아니다!"

"니가 봤어?"

"웃기네!"

사실 그것이 뭐 나쁜 일일까. 오히려 되새겨 생각해볼 가치가 있으며 흥분할 만한 일이다. 어찌됐든 그 노랫소리는 여학생들에게도 반응을 일으켰다. 어떤 반응이든 산속에서 들려오는 메아리 소리보다야 생각해볼 가치가 있다. 그리고 주류는 어쨌든 주류다. 얼마 뒤 우리는 여학생들이 부르는 그렇고 그런 노랫소리를 들었다.

'젊은이 왜 그렇게 우울해하죠? 왜 고개를 숙이고 있죠? 누가 당신을 이렇게 아프게 했나요? 그 사람은 혹시 방금 기차를 타고 떠난……'

생각해보면 인류의 모든 노래는 대략 이렇게 시작된다. 어쩌면 모든 예술은 다 이런 기원을 갖고 있다고 할 수 있다. 힘들고 고된 생활에는 희망이 필요하고, 건강한 생명은 사랑이 필요하다. 셀 수 없는 날들과 헤아릴 수 없는 마음의 일은 모두 다 털어내고 말해야 한다. 민가民歌는 더 그렇고, 중국에서도 산시성 북부 옌안 지역의 민가는 특히 더 그렇다. 사랑노래는 모든 민가 중에서도 가장 비중이 크다. 솔직히 말해서 사랑의 근본은 희망이고, 사랑에는 허심탄회하게 말할 수 있는 솔직함이 필요하다. 산에서 고된 일을 하는 현지인들은 기가 막히게 노래를 잘한다. 그리고 우리처럼 몰래 부르지 않는다. 그저 사랑일 뿐이다. 뭘 훔치는 죄가 아니다.

하지만 반反사랑의 역류는 언제든 존재했다. 그래도 이미 말했듯이 주류는 어쨌든 그래도 주류다.

신이 인간을 창조할 때는 법이 아니라 사랑에 근거했을 것이다. 현지 사람들이 진실하고 솔직하게 부르는 노래를 듣고 우리는 감동했고, 마음이 움직였고, 한껏 취했다. 그 장면이야말로 진정한 재교육이라 할 수 있다.

나는 《생산대 이야기》란 소설에서 그들의 노래에 대해 썼다. 옌안 지역 민가는 애잔하고 깊은 울림이 있거나 유쾌하고 우렁찬 외침이 있다. 무대 위가 아니라 산이라면 그 울림과 외침은 부르는 사람에 따라 길이가 달라진다. 내 생각에 그건 지세地勢와 관계있다. 좁고 험한 계곡에서는 짧게 부르고 넓은 산등성이나 산꼭대기에서는 길게 빼는 것은 듣는 사람의 위치를 고려해서일까? 아마도, 그리고 부르는 이의 자기만족을 위한 것이 더 클 것이다. 하늘과 땅이 하나가 되는 느낌…… 이 노래와 이 마음 모두 천지와 어우러지게 만드는 형식이다.

민가의 매력은 오랫동안 쇠락하지 않고 이어지는 데 있다. 민가란 원래 대대로 전해지면서 갈고 다듬고 또 도태한 결과이기 때문이다. 평범한 사람들의 평상심을 노래했으므로 광범위하게 전해질 수 있었다. 민가는 귀를 잡아당기며 말을 잘 들으라고 훈계하지도 않고, 내가 잘났다고 자랑하지도 않고, 사람의 마음을 놀래키지도 않고, 사랑받으려 애쓰지도 않고, 위에 군림하려 하지 않고 사람들 사이에 있으려 한다. 그래서 민가는 처음부터 허세나 거드름은 버렸다. 열광적인 갈채도, 신도처럼 따르는 것도 바라지 않았다. 민가는 생명의 전부를 담고 있으며, 세상 속에서 느끼고 체득한다. 민가는 진실함과 소박함을 아름다움으로 여긴다. 진실하고 소박한 우수, 진실하고 소박한 사랑, 진실하고 소박한 희망과 동경…… 이것들이 곡조로 변해서 산을 따라 올라가고, 강을 따라 흘러가고 하늘을 따라 떠돌고 하늘을 믿고 떠돈다. 또 가사로 변해서 마음을 따라 움직이고, 마음을 따라 흘러가고, 마음을 따라 떠돌고 마음을 믿고 떠돈다.

사실 유행가의 기원 역시 마찬가지일 것이다. 평범한 사람들의 평상심을 노래하고, 평범한 사람의 그 평범한 그리움을 노래한다. 희로애락 모두 진짜이며 마음에 새기는 것이고, 오매불망 그리워하는 것이다. 마음에 담아둬도 좋고, 솔직한 것도 좋다. 모두 다 마음의 작용이지 목의 작용이 아니다.


나이 탓인지 모르지만 요즘 노래는 마음을 움직이는 것이 그리 많지 않다. 내가 늙었기 때문이라면 다음에 내가 하는 말은 그냥 불어오는 바람으로 여기길 바란다. 나는 수백 수천 년 전에도 유행가가 있었다고 생각한다. 태풍 같은 바람이 동서남북 곳곳에서 불어닥쳤다. 대약진 운동 시기. 문화혁명 시기 같은…… 그래서 마음에서 나오고 마음에 남겨두는 것은 오래전에 잊혀졌다. 민가도 지난 날 유행가의 일부라고 생각한다. 오랫동안 민가에서 불리던 노래를 후세가 민가라 칭한 것이다. 수십, 수백 년 전부터 지금까지 전해진 모든 노래는 어쩌면 당시에 유행한 노래가 아니었을까? 유행하지 않았다면 전해지지도 않았을 것이다. 그 노래들이 바람과 함께 사라지지 않은 것은 사람들이 그 노래에서 자신의 마음을 듣고 자신의 운명을 들었기 때문이다. 시대가 다르고 지역이 달라도 마음에서부터 흘러나온 노래라면 반드시 마음속을 파고 들어간다.

'성문 앞 우물가에 서 있는 보리수. 나는 그 우물 안에 단꿈을 보았네. 가지에 희망에 말 새기어 놓고서……'

아쉽게도 예를 들 수 있는 가사라곤 겨우 한두 개뿐이고 곡조도 들려줄 수 없지만, 이 가사를 통해 이 노래의 곡조를 충분히 상상할 수 있을 것이다. 그 곡조는 분명 시끌벅적한 시장과는 멀고, 사람의 마음과 밀접할 것이다.

노래를 부른다는 건 원래가 진실하고 자유롭게 허심탄회하게 모든 것을 털어놓는 것이다. 노래조차 거짓으로 부른다면 사는 건 절망일 것이다. 유행가에 대해 불만을 털어놓는 소리를 들었다. 대부분 기술과 기교에 관한 것이었다. 물론 기술은 중요하다. 나는 잘 몰라서 함부로 말할 수는 없지만 노래는 단순히 기술적인 면만 봐서는 안 될 것 같다. 노래는 마음에서 그 원류와 돌아갈 곳을 찾아야 한다.

여기까지 쓰고 나니 갑자기 의심이 들고 반성하게 된다. 혹시 내가 틀린 것은 아닐까? 내가 늙은 것일까? 나는 꼰대일까?

진실하다 싶은 노래만 부를 수 있다면, 그것은 그 사람의 개성과 역사가 스스로 한계를 짓는 것이다. 누군가 진심으로 모든 사람을 다 이해할 수 있길 바란다면 그것 역시 불가능하다. 한 세대와 한 세대의 역사는 다르다. 이 세대 차이는 영원히 생길 수밖에 없다. 차이는 나쁜 것이 아니다. 산이 있고 물이 있고 또 골이 있기 마련이다. 지구 상 모든 것이 평지라면, 그 땅이 기름진 논밭이길 바라지만 어쩌면 모두 사막일 수도 있다.

이 글 처음에 언급한 스물한 살의 친구, 우리 2세대 지식청년, 그는 무슨 노래를 좋아할까? 나중에 기회가 있다면 물어봐야겠다. 부르고 싶은 노래가 있다면 그 노래를 부르게 해야겠다. 세상에 어떤 일들은 대부분 쓸데없는 걱정에서 생기고, 그 노파심은 쓸데없는 간섭으로 변화한다. 2세대에게도 곧 연애의 시기가 다가올 것이다. 우리는 특히 주의해야 한다. 어떤 방식으로든 자기 관점으로 다른 이의 사랑을 간섭하는 행위는 모두 다 역류다.

## 나의 몽상

나는 자주 신에게 기도한다.

정말로 다음 생이 있다면, 다른 것은 다 필요 없고

오로지 칼 루이스 같은 신체를 원한다고.

그때의 인간은 지금보다 키가 클 것이므로

적어도 1미터 90 이상의 몸과,

그때의 100미터 기록은 지금보다 빠를 테니

9초 이내로 달릴 수 있게 해달라고.

○
○

　사람은 어쩌면 자신에게 부족한 부분을 더 좋아하는 경향이 있는지 모르겠다. 나는 두 다리를 전혀 움직일 수 없지만 스포츠광이다. 축구, 농구 같은 각종 구기 종목은 물론 육상, 수영, 권투, 스키, 스케이트, 자전거와 자동차 경주까지 온갖 스포츠는 다 좋아한다. 물론 경기장 입구에 너무 많은 계단을 오를 수 없어서 대부분 집에서 텔레비전으로 본다.

　볼 만한 스포츠 경기 중계라도 하는 날이면 아침에 눈뜨면서부터 하루 종일 그 생각만 하며 기분 좋게 지낸다. 때문에 때로 하루 종일 또는 며칠 동안 중요한 스포츠 경기가 집중되어 있을 때면—방금 시작된 올림픽 같은— 중요한 일은 다 잊어버릴까 걱정스러울 정도다.

　사실 나는 축구를 두 번째로 좋아하고, 문학은 세 번째로 좋아한다. 내가 제일 좋아하는 것은 육상경기다. 나는 모든 육상 종목의 세계기록이 얼마이고, 누가 보유했고, 얼마나 유지했는지 전부 다 말할 수 있다. 예를 들어 남자 멀리뛰기 세계 기록 보유자는 밥 비먼Bob Beamon 으로 그의 기록은 20년이 넘도록 아직 깨지지 않았다. 그건 좀 불공정하다고 생각한다. 밥 비먼은 고산 지대인 멕시코시티에서 8미터 90을 뛰었고, 칼 루이스는 낮은 곳에서 8미터 72를 뛰었다. 평지에서 뛴 칼 루이스의 기록이 밥 비먼보다 더 놀라운 기록이지만 세계기록은 되지 못했다.

이런 기록은 그냥 자연스럽게 외우게 됐다. 육상경기의 매력은 이런 기록에 있지 않다. 인간은 결국 신을 이길 수 없다. 하지만 인간은 자신의 체력과 의지와 아름다움을 달리고 뛰는 과정에서 충분히 보여준다. 육상의 매력은 바로 여기에 있다. 육상경기는 어떤 춤보다 아름답다. 육상에 비하면 춤은 꾸민 듯 부자연스럽고, 과장스럽게 표현하는 것 같다. 물론 내가 무용 공연을 본 적이 많지 않아서일지도 모른다. 하지만 칼 루이스나 에드윈 모세스가 뛰는 모습을 보면, 당신도 그들이 인간의 원시성에서 뛰어나와 인간의 미래를 향해 쉬지 않고 달리는 느낌을 받을 것이다. 바람이나 물처럼 꿈틀대는 온몸의 근육은 가장 원초적인 춤이고 가장 자연스러운 노래다.

내가 제일 좋아하고 가장 부러워하는 이가 바로 칼 루이스다. 1미터 88의 키에 넓은 어깨, 긴 다리는 한 마리 검은 표범 같다. 아무렇게나 달려도 10초 이내이고, 아무렇게나 뛰어도 8미터가 넘는다. 게

다가 경기 중의 그의 동작은 너무나 편하고, 가볍고, 자연스럽게 리듬을 타는 것 같다.

독자들이 비웃어도 어쩔 수 없다. 나는 자주 신에게 기도한다. 만약 정말로 다음 생이 있다면, 다른 것은 다 필요 없고 오로지 칼 루이스 같은 신체를 원한다고. 그때의 인간은 지금보다 키가 클 것이므로 적어도 1미터 90 이상의 몸과, 그때의 100미터 기록은 지금보다 빠를 테니 9초 이내로 달릴 수 있게 해달라고.

소설가는 대부분 몽상가들이다. 다행히 그런 몽상이 나를 슬프게 하지는 않는다. 현실의 내가 바로 다른 사람의 마음을 아프게 하기 때문에 이런 방법으로 스스로를 위로하고 동경하는 것이다. 칼 루이스에 대한 나의 애정과 숭배는 날이 갈수록 더해갔다. 나는 그가 세상에서 제일 행복한 이라 믿는다. 내가 그로 변할 수만 있다면 그 무엇도 아깝지 않다. 만약 다음 생에 그처럼 건강하고 아름다운 몸으로 태어난다면, 이번 생을 이렇게 불구로 살아도 충분한 보상이 된다고 생각한다.

이번 올림픽 100미터 경기에서 벤 존슨이 칼 루이스를 꺾고 우승한 그 오후, 나는 몹시 슬펐다. 밤이 깊도록 마음을 잡지 못해 잠도 제대로 자지 못했다. 눈앞에 오후의 그 경기 장면이 계속 떠올랐다. 모든 사람이 벤 존슨을 향해 환호를 보내고, 모든 깃발과 꽃이 그를 향해 춤추듯 날아가고, 구름같이 몰려든 기자들이 벤 존슨을 에

워싸고 밖으로 나갈 때 칼 루이스는 그 모든 것을 벗어나 홀로 있었다. 불쌍한 어린아이처럼 망연자실한 그의 눈빛은 내 마음을 아프게 했다. 계속해서 텔레비전에서 방영되는 100미터 결승 장면은 다시는 보고 싶지 않았고, 이 경기에 대한 다른 이들의 이야기도 듣고 싶지 않았다. 마음속으로 온갖 이유를 들어 여전히 칼 루이스가 최고라고 나 자신에게 설명했다. 사실 다 쓸데없는 일이다. 칼 루이스보다 훨씬 더 참담하고 잃은 것도 훨씬 많은 내가 이런 생각을 하고 있다니…….

그렇지 않은가? 다른 사람들 보기에는 아마도 내가 정신 나간 사람 같을 것이다. 나는 곰곰이 그 원인을 생각해보았다. 나의 아름다운 우상이 무너져서? 단순히 그것 때문이라면 잠시 슬퍼하다 벤 존슨을 새로운 우상으로 만들면 그만이다. 벤 존슨도 칼 루이스에 결코 뒤지지 않으니까. 내가 지난날을 그리워하는 보수적인 사람이라서? 하지만 나는 뒤에 오는 이가 앞선 이를 넘어서는 것을 무엇보다 축하하는 사람이다. 아니면 칼 루이스의 기록에 실망해서? 그것도 아니다. 9.92는 그의 최고 기록이었다.

그렇다면 대체 무엇 때문에? 그러다 마침내 깨달았다. '가장 행복한 사람'의 불행을 보았기 때문이다. 칼 루이스의 망연자실한 눈빛이 나의 '가장 행복한 사람'의 정의를 흔들었고 부숴버렸기 때문이다. 신은 그 누구에게도 '가장 행복한'이란 글자를 준 적이 없다. 신은 모든 사람의 욕망 앞에 거리를 매설해두고, 그 제약을 모두에게 공평하게 부여했다. 만약 그 제약을 넘어 끝없이 이어지는 길에서 맛보는 행복을 이해하지 못한다면, 내가 달리지 못하는 것과 칼 루이스가 더 빨리 달리지 못하는 것은 완전히 같은 것이다. 모두 다 슬픔과 고통의 근원이다. 칼 루이스가 이것을 이해할 수 없었다면, 그날 오후의 그는 세상에서 가장 불행한 사람이었을 것이다.

100미터 결승전이 끝나고 이어진 멀리뛰기에서 칼은 8미터 72로 금메달을 차지했다. 아마 그는 이해하고 있었으리라. 올림포스 산의 성화가 왜 불타오르는지 그는 알고 있었다. 그것은 한 사람의 승리를 위한 것이 아니라 신들을 향한 인류의 불굴의 의지를 보여주는 것이다. 인간의 한계는 불변이겠으나 그것을 넘어서겠다는 의지와 도전은 잠시라도 멈춰선 안 된다. 칼이 그런 사람인지는 모르겠지만, 나는 그가 그러하길 바란다. 나는 그런 칼 루이스를 좋아하고 숭배한다.

이것으로 나의 몽상은 새로운 설계가 필요해졌다. 적어도 이 모든 것을 다 원한다고는 하지 않을 것이다. 건강하고 아름다운 몸과 1미터 90의 키와 9초대의 기록을 원하지는 않을 것이다. 이유는 간단하다. 나는 다음 생의 어느 오후에 세상에서 제일 불행한 사람이 되고 싶지 않다. 인간이 9초 5를 뛴다 해도 그 역시 한계를 의미한다. 나는 건강한 몸에 인생의 의미를 깨우친 영혼도 바란다. 앞의 바람은 신의 은총 덕분이겠지만, 후자는 반드시 끊임없는 노력으로만 얻을

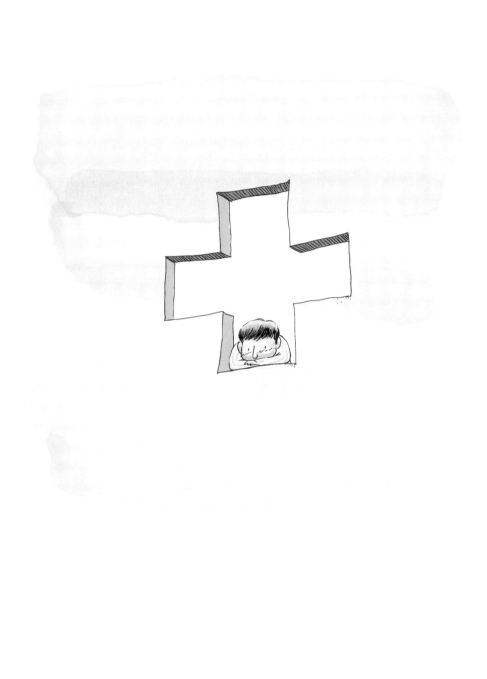

수 있다.

나의 몽상은 어떻게 설계해야 할까? 다만 부탁하자면 '둘 중에 하나밖에 안 된다면 어느 것을 원하느냐' 묻지 말기를. 사람이 사는 데 아름다운 몽상 하나쯤은 너그러이 허용해줄 수 있지 않은가?

나중에 벤 존슨의 100미터 9.79라는 기록은 금지약물로 인한 것이라 전해졌다. 우리는 과연 뭐라고 말해야 할까? 신문에서 이런 기사를 보았다. 그의 고국 자메이카 사람들은 벤 존슨이 언제 돌아오든 언제나 환영하겠다고 말했다 한다. 무슨 잘못을 저질렀든 그는 자메이카의 아들이라고.

그 몇 마디 말에 나는 깊은 감동을 받았다. 우리는 신체의 장애를 입은 사람보다 영혼에 장애가 있는 사람에게 더 많은 동정과 사랑을 주면 안 되는 것일까?

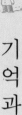

기
억
과

인
상

그 잠깐의 인상은 너무나 강렬했다. 지금 생각해보면

사람의 마음속 깊은 곳에는 그 어떤 소리, 빛, 자태 심지어

온도와 분위기에도 다 호응하고 공명할 수 있는 무언가가

원래부터 있는 것 같다. 그래서 아주 많은 일들을

이해할 수는 없지만 느낄 수 있고,

정확히 말할 수는 없지만 영원히 기억하게 되는 것이다.

○
○

지나간 일에 대해 쓸 수 있는 것은 기억과 인상일 뿐이다. 나는 사실을 파헤칠 생각이 없다. 어디까지 파헤쳐야 사실을 얻을 수 있는지도 모르고, 추적하고 캐내다 보면 기억과 인상이 아닌 것이 없다. 한 물리학자는 말했다. '물리학은 우리가 사는 세상이 무엇인지 말해주지 않는다. 다만 우리가 이 세상에 대해 무엇을 이야기해야 하는지를 말해준다.'

이 말이 나에게 용기와 배짱을 주었다.

역사의 모든 순간에는 무수한 역사의 변화와 무한한 시간이 연결되어 있다. 우리는 외롭게 태어나 무수한 역사와 무한한 시간 속에서 부서져 조각이 된다. 서로 드러나지 않게 몰입하고, 고독 속에서 기도하고, 부서진 곳에서 바라보거나 꿈속의 재회를 바란다. 그래서 기억은 새장이고, 인상은 새장 밖의 하늘이다.

## 조용히 오고, 조용히 가고

요즘은 자주 이런 느낌이 든다.

죽음의 신이 사람들에게는 보이지 않는 문 밖이나 어두컴컴한 곳에 앉아서, 하루하루 인내하며 나를 기다리고 있는 것 같다는. 언제그가 벌떡 일어나 내 앞으로 와서 '이제 가자!'라고 할지 모르겠다. 아마 그때 사신死神은 아무 설명도 없이 다짜고짜 내 손을 잡아끌 것이다. 하지만 그때가 언제든, 나는 초조해하거나 머뭇거리거나 늦추려고 하지는 않을 것이다.

'조용히 왔던 것처럼 나는 조용히 간다'

쉬즈모(徐志摩)[8]의 이 시 구절은 삶과 죽음을 다루지는 않지만, 삶과 죽음에 대한 가장 적당한 태도라 생각한다. 묘비명으로 이보다 좋은 구절이 있을까.

죽음은 한 번에 완성되지 않는다. 작가 천춘(陈村)이 언젠가 내게말했다.

"사람은 조금씩 조금씩 죽어가. 우선은 여기까지, 그 다음에는 저기. 한 걸음 한 걸음 마침내 죽음을 완성하게 되지."

그의 말투는 아주 차분했다. 나는 그 말에 완전히 동의한다. 우리는 이제 죽음을 별로 신경 쓰지 않을 만큼 살았다. 이 말은 나는 지금 조용히 가고 있는 중이란 뜻이다.

내 영혼은 이 파손된 껍데기에서 벗어나 이 세상을 향해 이별을 고하는 중이다. 이럴 때 다른 사람들은 어떤 생각을 하는지 모르지만, 나는 조용히 오는 것의 신비로움이 떠오른다.

이른 아침과 정오와 해질 무렵의 변화하는 햇빛이 떠오르고, 푸른 하늘이 떠오르고, 조용한 정원과 불어오는 부드러운 바람이 떠오르고, 바람 속에서 어머니와 할머니의 가벼운 외침도 느껴진다. 다른 사람들도 나처럼 진심으로 놀랄까? 지난날은? 지난날의 모든 것들은 다 어디로 갔을까? 하며 의아해할까?


생명의 시작은 무엇보다 오묘하고 심오하다. 아무것도 없는 데서 생겨난다. 아무 맥락도 없이 갑자기 당신이 어떤 상황으로 들어오고, 그 상황은 또 다른 상황을 이끌어낸다. 그리고 자연스럽고 완벽하게 차츰차츰 현실세계와 이어진다. 영화와 정말 비슷하다. 아무것도 없는 은막에 갑자기 잔디밭을 뛰어 노는 아이가 나타난다. 햇빛은 아이를 비추고, 멀리 산을 비추고, 가까운 나무와 숲속 작은 길을 비춘다. 놀다 지친 아이는 작은 길을 걸어 집으로 돌아오고 길 끝에는 작은 집이 있다. 문 앞에는 이쪽을 바라보는 아이의 엄마가 있고, 담배를 피우거나 신문을 보는 아버지가 있다. 한 가정을 이끌어내고 뒤따라 한 세계가 이어진다. 아이는 그저 이어지는 상황을 따라갈 뿐이다. 어떤 것들은 순간 나타났다 금방 사라지고, 어떤 것들은 바꿀 수 없는 역사가 되거나 바꿀 수 없는 역사를 만드는 원인이 된다. 이러다 마침내 어느 날 아이는 시작의 심오함을 떠올린다. 선인의 잠언처럼 아무런 이유도 없이 사람은 이 세상에 던져진 것이다.

사실, '아무런 맥락도 없이 갑자기 당신이 어떤 상황에 들어왔다'와 '사람은 이 세상에 던져졌다'라는 두 문장은 다 문제가 있다. 상황에 들어오기 전에 당신은 없었고, 이 세상에 던져지기 전에도 아무도 없었다. 그러니 이건 철학자의 제목이어야 마땅하다.


나로 말하자면, 시작은 베이징의 어느 평범한 사합원(베이징의 전통적인 건축 양식. 가운데에 있는 마당을 담장과 건물이 사각형으로 둘러싼 형태—옮긴이)이었다. 나는 방 안 창틀에 기대서 유리창을 통해 밖을 바라보고 있었다. 방 안은 어두컴컴했고, 창밖에는 햇빛이 맑게 빛났다. 창문 밖 가까이에는 초록으로 빛나는 느릅나무가 낮게 늘어서 있고, 느릅나무 너머로 먼 곳에 커다란 대추나무가 두 그루 서 있었다. 검게 마른 대추나무 가지 사이로 푸른 하늘이 보였다. 세상과 최초로 만난 상황은 이랬다. 단순했지만 깊은 인상. 복잡한 세상은 아직 저 멀리 있거나 아니면 편안한 시간 동안 주변에 쪼그리고 앉아, 어린 생명 하나가 조용히 눈을 뜨고 욕망을 품기 시작하는 모습을 지켜보고 있었는지도 모르겠다.

할머니와 어머니는 내가 이곳에서 태어났다고 했다.

더 정확히는 이 집에서 멀지 않은 병원에서 태어났다. 내가 태어날 때 폭설이 내렸다. 베이징에서는 보기 드물게 하루 종일 눈이 내리는 바람에, 할머니는 나를 위해 준비해둔 포대기를 끌어안고 눈길을 헤치며 병원에 가야 했다. 산실 창문 앞에 서서 밤부터 새벽까지 기다렸고, 해가 막 뜰 무렵에 내가 조용히 오는 소리를 들었다고 했다. 어머니는 잠시 후에 내가 온 것을 보았다. 할머니는 너무 못생긴 나를 보고 어머니가 한참 동안 속상해했다고 말했다. 그때 어머니는 젊고 아름다웠다. 어머니는 그 말씀을 하지 않았고, 그저 내가 이 세상에 왔을 때 검고 말랐다고 했다. 이렇게 말할 당시에 나는 점점 사람 꼴을 갖춰갔기에 어머니는 이미 안심하고 있음이 얼굴에 드러났다. 하지만 이 모든 것이 진짜일까?

나는 비틀비틀 방문 밖으로 걸어 나와 마당을 향했고, 진짜 세상이 그때서야 증거를 보여주기 시작했다. 햇빛에 뜨거워진 꽃과 풀의 냄새, 햇빛에 달궈진 벽돌 냄새. 햇빛은 바람 속에서 춤을 추며 움직이고 있었다. 푸른 돌을 깔아 만든 마당의 십자 길은 사방의 집과 연결되어 있었다. 집집마다 같은 크기의 마당이 있고, 마당 두 군데에 대추나무가 한 그루씩, 나머지 두 군데에는 달리아가 가득 피어 있었다. 커다란 달리아 꽃송이의 빽빽한 꽃잎 사이사이로 꿀벌들이 웅웅

거리며 들락날락하며 꽃술을 채취했다. 유유자적하게 날아다니는 나비들은 너무 조용해서 마치 환영 같았다. 대추나무 아래로는 바람에 나무 그림자가 일렁이고, 바닥에는 떨어져 짓이겨진 대추꽃들이 가득했다. 푸른빛이 도는 노란 대추꽃은 땅 위 푸른 이끼 위에 노란가루처럼 덮여 있어 아주 미끄러웠으므로 밟을 때 조심해야 했다.

하늘 아니 구름 속에서 소리가 들렸다. 어디서 들려오는 것인지 모르지만 어렴풋하고 가는 소리가 들렸다. 바람소리인가? 종소리? 아니면 노랫소리? 잘 모르겠다. 대체 무슨 소리인지 아주 오랫동안 알 수 없었다. 다만 푸른 하늘 아래에 가면 그 소리가 들렸고, 심지어 포대기에 쌓여 있을 때도 그 소리를 들었다. 청량했고, 유쾌했고, 빠르지도 느리지도 않고 은은하게 울려 퍼졌다. 마치 생명 고유의 부름처럼 기어이 주의를 기울이게 하고, 찾고 바라보고 심지어 그것에 빠지게 만들었다.

나는 높은 문지방을 넘어 비틀비틀 힘겹게 대문을 나갔다. 눈앞에 조용한 골목이 펼쳐졌다. 질서 정연한 좁고 긴 골목으로 낯선 사람 몇 명이 지나갔다. 동쪽의 태양을 향해 걸어가고, 서쪽의 지는 해를 향해 걸어 들어왔다. 동쪽과 서쪽이 어디로 통하고 어디로 이어지는지 모르지만 그 미묘한 소리는 마치 바람이 흐르듯 잔잔하게 들려왔다.

나는 언제나 그 작은 골목을 보았고, 한 아이가 대문 앞 계단 위에 서서 멀리 바라보는 모습을 보았다. 해가 뜨거나 질 때 햇빛은 아이의 눈을 자극하고, 검은 반점이 눈앞에 어른거리자 아이는 눈을 감는다. 조금 무섭고 뭘 어떡해야 할지 몰라 한참을 있다 눈을 뜬다. 다행이다. 세상은 다시 환하다…… 검은 옷을 입은 두 명의 승려가 골목에 늘어선 집들을 따라 걸어간다…… 땅 위를 안정적으로 날아다니는 잠자리들의 날개가 햇빛에 반짝이고…… 비둘기 소리는 들렸다 사라졌다, 부드럽게 이어지다 점점 가까워지더니, 갑자기 푸드덕 머리 위로 날아오르다 잠시 후 점점 멀어진다. 이윽고 하늘가에서 춤을 추듯 날아다닌다…….

아주 기이한 일이었다. 나는 내가 바라보는 풍경을 보았고 또 풍경을 바라보는 나를 보았다.

저런 풍경은 지금은 어디로 갔을까? 그때, 그 아이, 그 마음, 놀라 얼이 빠진 눈빛, 모든 지난날의 정경은 다 어디로 갔을까? 우주로 날아갔을까?

그렇다. 그렇게 날아가 사라진 지 벌써 50년이다. 그렇지만 그저 그 시간 그 장소에서 벗어나 사라진 것일 뿐, 사실 그것들은 여전히 존재하고 있지는 않을까?

꿈은 무엇일까? 회상과 추억은 대체 어떻게 된 일일까?

만약 50광년 너머, 충분한 배율의 망원경으로 그곳을 관찰한다면 그곳은 예전 그대로일 것이다. 그 골목길, 그 위를 날던 비둘기떼, 이름 모를 두 승려, 햇빛을 받아 빛나던 잠자리의 날개와 얼빠져 바라보던 소년, 그리고 하늘에서 들려오던 아름다운 소리 모두가 다 지난 날과 다름없을 것이다. 그 망원경으로 빛의 속도로 계속 좇아간다면, 아이는 영원히 그 골목길에 서서 넋 나간 모습으로 멀리 바라보고 있을 것이다.

그 망원경이 50광년 밖의 어떤 곳에서 멈춘다면, 나의 일생은 순서대로 재현돼 50년의 역사가 처음부터 상연될 것이다.

정말 신기하다. 어쩌면 삶과 죽음은 모두 관찰에 달려 있는 것이 아닐까. 멀리 혹은 가까이, 거리에 따라 결정되는 것 같다. 수십 광년 떨어진 어느 별들이 이미 소멸했어도 우리는 여전히 밝게 빛나고 있는 그 별들을 보고 있는 것처럼 말이다.


시간은 우리를 제한하고, 습관은 우리를 제한한다. 헛소문 같은 여론은 우리를 현실에 빠트리고, 대낮의 마법처럼 현실을 외면한 채 아무것도 못하게 한다. 대낮은 마법처럼 부적처럼 경직된 규칙이 아무 문제없이 지켜지도록 만들고, 현실에서 신비함을 없애버린다. 모든 사람들은 대낮의 마법 아래 긴장하고 고지식한 역할을 연기한다. 모든 말과 행동, 모든 생각과 꿈은 마치 미리 준비된 프로그램처럼 정확히 이뤄진다.

그래서 나는 밤을 기다린다. 어둠을 바라고 적막 속에 자유가 오길 바란다. 심지어 죽음에서 삶을 보길 바란다.

내 몸은 이미 오래전에 침대에 고정되고, 휠체어에 고정돼 있지만 내 마음은 언제나 밤이면 야행을 나간다. 밤이면 불구의 몸에서 벗어나고, 대낮의 마법을 벗어나고, 현실을 떠나 속세의 소란함이 잠시 멈춘 밤의 세계를 여행한다. 모든 꿈꾸는 자들의 말을 듣고, 속세의 역할을 벗어던진 떠도는 영혼들이 밤의 하늘과 광야에서 또 다른 연극을 하는 것을 지켜본다. 바람은 사방으로 불며 밤의 소식을 전해준다. 깊이 잠든 창에서 또 다른 깊이 잠든 창을 다니며 대낮에는 소홀했던 마음을 깊이 들여다본다. 또 다른 세계는 생기발랄하고, 밤의 소리는 더없이 넓고 넓다.

그렇다. 바로 글을 쓰는 일이다. 문학에 관해 말했지만 나와 문학은 그렇게 가깝지 않다. 내 마음이 향하는 것은 그저 자유로운 야행이다. 모든 진심 어린 마음이 있는 곳으로 가는 것이다.

## 사라진 종소리

계단 위에서 서서 그 골목길을 보던 때, 나는 대략 두 살이었다.

나는 아주 오래된 일도 기억한다. 스탈린의 죽음이 그 표시다. 어느 날, 아버지가 검정 테두리의 유리액자를 벽에 걸었다. 할머니는 나를 품에 안고 가까이 다가가보며 말했다.

"스탈린이 죽었어(斯大林死了)."

액자 안에 들어 있는 낯선 늙은 남자, 윗입술에 집중돼 있는 수염이 인상적이었다. 할머니 고향 사투리는 스(斯/si)를 3성으로 발음했다. 그래서 나는 속으로 '다린(大林)이란 사람은 이미 죽었다면서 뭐 좋은 소리라고 또 죽었다고 하지?' 생각하며 할머니의 발음을 몇 번이나 따라하며 재미있어했다. 그리고 다른 사람들이 할머니 말을 그냥 넘기는 게 이상했다.* 나중에야 내막을 알게 되었다. 그때는 1953년이었고, 나는 두 살이었다.

---

*   중국어는 같은 발음이라도 네 가지 성조에 따라 뜻이 다르다. 할머니는 스탈린(斯大林, 스다린)이 죽었다(死了)라고 말한 것인데, 표준어로는 1성인 스(斯/si)가 사투리 때문에 3성이 돼 저자에게는 '죽은 다린이 죽었다'로 들려 이상했다는 것임.—옮긴이

어느 날, 할머니는 나를 데리고 계단 아래로 내려와 골목길 동쪽 끝으로 걸어갔다. 그쪽이 땅의 끝이라 여겼던 나는 바로 그곳에서 세상이 떨어져 사라질 것이라 생각했다. 태양이 거기서 떠오를 때, 그 뒤에는 아무것도 없는 것 같았기 때문이다.

그러니 어찌 알았겠는가, 그곳이 시끌벅적한 세상의 시작임을. 그곳은 또 다른 골목길이 교차하는 거리로 식당, 잡화점, 기름집, 쌀집과 길거리 좌판들이 늘어서 있었다. 먹을 것을 파는 좌판이 많아서, 그날부터 어린 시절 내내 가장 많이 달려간 곳이 되었다. 그곳에는 또

베이징 외곽으로부터 낙타무리를 이끌고 들어오는 상인들도 많았다.

"할머니! 저게 뭐예요?"

"아! 낙타!"

"저들은 뭐하는 거예요?"

"석탄을 나르지."

"어디로 날라요?"

"시내로."

낙타가 움직일 때마다 목에 달린 방울이 딸랑딸랑 소리를 냈고, 걸을 때마다 낙타의 큰 발이 먼지를 일으켰다. 예닐곱 마리의 낙타가 머리를 쳐들고 가슴을 편 채로, 거만한 모습으로 보란 듯이 시내로 향했다. 그러면 지나던 행인과 마차도 모두 길을 비켜주었다.

나는 낙타가 들어오는 방향을 가리키며 물었다.

"저긴 어디예요? 어디?"

"더 북쪽으로 가면 베이징을 벗어난단다."

"베이징을 벗어나면 어디예요?"

"베이징 교외지."

"교외는 어떤 모습이에요?"

"됐다. 이제 질문은 그만!"

그쪽이 정말 궁금했다. 하지만 할머니는 나를 다른 방향으로 이끌었다.

"싫어요. 저쪽으로 가고 싶어요! 할머니, 교외에 가보고 싶어요."

나는 걸음을 멈추고, 바닥에 앉아버렸다. 할머니가 나를 일으켜 앞으로 끌고 가자 울음을 터트렸다.

"할머니가 더 좋은 데 데려갈게. 거기에는 네 친구들도 있단다……."

하지만 나는 아랑곳 않고 계속 울었다.

길은 갈수록 낯설어졌고, 집들도 드문드문해졌고, 사람들도 점차 적어졌다.

잿빛 벽돌담을 돌아 한참을 가다 커다란 문 안으로 들어섰다.

아! 그러자 문 안으로 완전히 다른 풍경이 펼쳐졌다.

고요한 수풀이 군데군데 우거져 있고 그 사이로 돌을 깨서 만든 작은 길이 구불구불 펼쳐졌다. 떨어진 낙엽이 바람에 뒹굴고, 밟으면 바스락 바스락 소리가 났다. 참새와 까치는 나무와 풀숲 사이를 폴짝폴짝 뛰어다니며 벌레를 잡아먹었다.

나는 울음을 멈췄다. 난생 처음으로 만난 성당이었다. 무성하게 자란 가는 나뭇가지 뒤로 석양이 내려와 성당의 지붕을 붉게 물들이고 있었다.

나는 할머니를 따라 아치형의 문을 통과해 긴 복도를 걸어 넓고 큰 방으로 들어갔다. 그곳에는 많은 아이들이 있었는데, 크고 높은 탁자 위로 간신히 얼굴만 드러내고 앉아 있었다. 아이들은 노래를 불렀다. 긴 옷을 입은 수염이 긴, 나이 든 남자가 연주하는 풍금소리가 가득 울려 퍼졌고, 방 안 가득 쏟아지는 햇빛도 그 소리에 맞춰 춤을 추는 듯했다. 노래하는 아이들 중에 사촌형도 있었다. 형은 우리를 보았지만 그 자리에서 더 열심히 노래를 불렀다. 그런 풍금소리와 노랫소리는 들어본 적이 없었다. 고요하면서도 기쁨이 느껴졌다. 줄줄이 늘어서 있는 오래된 탁자와 의자, 어두운 벽, 높은 천장도 같이 활발하게 움직여 창밖의 푸른 하늘과 수풀과 하나로 연결되는 것 같았다.

그때의 느낌을 나는 평생 잊지 못한다. 부드러우면서도 강한 바람이 내 몸을 통과해 심장으로 뚫고 들어오는 것 같았다. 나중에 할머니는 사람들에게 자주 이렇게 말씀하셨다.

"풍금소리가 나니까 바보가 된 듯 멍하니 울지도, 소리 내지도 않았다고!"

나는 사촌형이 너무 부럽고, 그곳에 있던 모든 아이들이 부럽고, 그때의 빛과 소리가 부러웠다. 그곳의 형태 있는 것과 형태 없는 것, 모든 것이 부러웠다. 멍하니 그곳에 서서 눈만 크게 뜨고 있었다. 사실 나는 전혀 듣지도 보지도 못했다. 어리석은 아이는 난생 처음 놀라움을 경험했다. 아마 무언가가 영혼을 건드렸기 때문일 것이다.

그 후의 일은 제대로 기억이 나지 않는다. 그 긴 수염의 남자가 다가와 내 머리를 쓰다듬었고, 그 다음에 빛이 어두워졌고, 방 안의 아이들은 모두 사라졌다. 그다음 나는 할머니와 다시 그 숲길을 걸었고, 그 길에는 사촌형도 함께였다.

형은 종이봉투를 찢더니 예쁜 그림이 그려진 달걀과 사탕 몇 개를 꺼냈다. 유치원에서 준 성탄 선물이라고 했다.

그때, 저녁 기도 종소리가 울려 퍼졌다. 바로 이 소리! 분명 이 소리였다. 언젠가 내가 들었던, 하늘에서 은은하게 흩날리며 들리던 바로 그 소리였다!

"할머니! 이거 어디 있어요?"

"뭐? 무슨 말이니?"

"이 소리요. 할머니, 이 소리 저 들은 적 있어요."

"종소리? 아, 저기 종탑 꼭대기 지붕 아래."

그때 알았다. 내가 이 세상에 왔을 때 들었던 소리가 바로 이 성당의 종소리였음을, 바로 저 뾰족한 종탑에서 울려 퍼지는 소리임을.

저녁노을은 더욱 짙어져 종탑 꼭대기에 햇빛은 이미 사라졌다. 숲에 바람이 불자 참새들은 바람을 따라가고 까치들은 기쁘게 울었다. 종소리는 침착하고 평온하게 오래 울려 퍼졌고, 은은하게 흩날리며 저녁노을과 이른 달과 함께 이어져 하늘의 깊은 곳까지 퍼져 나갔다. 어쩌면 땅의 끝까지도…….

그날 할머니가 왜 나를 거기로 데려갔고, 그리고 왜 다시는 데려가지 않았는지 나는 모른다.

하늘에 울려 퍼졌던 종소리가 언제 멈췄고, 이 땅에서 왜 오랫동안 사라졌는지 나는 모르겠다.

아주 오랜 후에야 알게 되었다. 그 성당과 유치원은 우리가 다녀간 얼마 후에 폐쇄되었다. 할머니가 그때 나를 데려간 것은 분명 그 유치원에 넣기 위해서였을 것이다. 다만 그 바람은 이뤄지지 않았다.


같은 종소리를 다시 듣게 된 것은 그 후로 40년이 흐른 뒤였다. 그 해 나와 아내는 8, 9시간 동안 비행기를 타고 지구 반대편의 아름다운 도시에 도착했다. 그 도시에 들어서자마자 그 종소리를 들었다. 맑고 깨끗한 공기와 빛나는 햇빛과 일렁이는 파도 위로, 조용한 골목 길에서, 그 도시의 모든 곳에서, 언제 어느 때든 자유롭게 울려 퍼지는 그 소리를 들을 수 있었다. 우리는 그 종소리 사이를 천천히 걸으며, 열심히 들었다. 나는 순식간에 어린 시절로 돌아간 듯했고, 모든 세상도 다 함께 어린 시절로 돌아간 것 같았다.

그때 고향에 대해 새롭게 깨달았다. 누군가의 고향이란 특정한 땅을 일컫는 것이 아니라, 더할 수 없이 넓은 마음으로, 공간과 시간의 제약을 받지 않는다는 것을.

마음이 불러일으키면, 언제든 바로 고향으로 돌아가게 된다.

## 나의 유치원

다섯 살 어쩌면 여섯 살, 나는 유치원에 갔다.

어느 날 어머니는 할머니께 이렇게 말했다.

"얘는 아무래도 유치원에 보내야겠어요. 나중에 학교 가서 적응 못하면 어떡해요?"

어머니는 그 말을 끝내자마자 바로 나가 원아를 모집하는 유치원이 있는지 여기저기 수소문하며 알아보았다. 할머니 말씀에 의하면 어머니는 생각을 바로 행동에 옮기는 사람이었다. 언제나 그랬다고 했다.

어머니는 금방 유치원 한 곳을 알아왔다. 개원한 지 얼마 되지 않았고 집에서 가까운 곳이었다. 어머니가 할머니에게 이런 이야기를 할 때, 나는 그 말 때문에 궁금증이 일었다.

"노처녀 두 명이 운영하는 유치원이에요."

나를 데리고 등록하러 갔을 때 날은 이미 어두웠고 유치원 대문은 굳게 닫혀 있었다. 문을 두드리는 어머니 옆에서, 나는 문틈으로 안쪽을 살펴보았다. 조용한 마당이었고, 구석 처마 아래에 두 개의 새 목마가 놓여 있었다. 목마를 보고 나서 나는 기분이 아주 좋아졌다.

"여기 다니고 싶니?"

어머니의 물음에 나는 고개를 세차게 끄덕였다. 문을 열어준 사람은 나이 든 아주머니였는데 우리를 작은 방으로 안내했다. 안에는 또 다른 아주머니가 저녁을 짓고 있었다. 방 안에는 침대 두 개 말고는 탁자 하나와 작은 화로밖에 없었다. 어머니는 내게 안경을 쓰고 약간 뚱뚱한 분은 쑨(孙) 선생님, 좀 마른 분은 수(苏) 선생님이라 부르라고 했다.

왜 그 나이 든 아주머니를 노처녀라고 불렀는지 나는 아주 오랫동안 알 수가 없었다. 어느 날 어머니께 물었다.

"할머니는 왜 노처녀라고 안 해요?"

"결혼하지 않은 여자를 노처녀라고 부르니까."

하지만 어머니의 해석은 이해할 수 없었다. 결혼? 사람들에게 사탕 돌리는 거?[9] 그게 무슨 대단한 역할을 하는 거지? 혼자 생각해봐도 젊은 여자들은 아가씨라고 부르고, 나이가 들면 아줌마나 할머니라고 부르는데, 노처녀는 갑자기 왜 나오며 대체 어디에 속하는 호칭인지 알 수 없었다. 그래서 다시 물었다.

"엄마도 다른 사람들에게 사탕 사줬어요?"

"뭐? 내가 왜 사람들에게 사탕을 사줘?"

"그럼 엄마는 결혼 안 했어요?"

내 말에 어머니는 크게 웃으시더니 내 귀를 잡아당기며 말했다.

"내가 결혼을 안 했으면 어떻게 네가 있겠니?"

나는 또 여기에 왜 내가 등장하는 건지 어리둥절했다.

이 유치원은 내 기대에 한참 미치지 못했다. 북쪽에 있는 방 네 칸은 집주인 가족이 살고, 남쪽 방은 비워져 있었다. 동쪽과 서쪽 방 두 개가 교실이었는데, 교실에는 칠판 말고는 의자와 책상도 없었다. 아이들은 매일 집에서 작은 앉은뱅이 의자를 들고 유치원에 왔다. 의자는 높이가 제각각이라, 스물 몇 명의 아이들의 앉은키도 모두 제각각이었다. 많게는 일곱 살부터 세 살짜리 어린아이도 있었다. 수업시간이면 큰 아이들은 소리를 지르고 어린아이들은 울었다. 선생님은 혼내고 달래느라 어수선하고 정신이 없었다. 수업은 일관되게 언제나 옛날이야기였다.

"저번 시간에 어디까지 했죠?"

아이들은 이구동성으로 소리쳤다.

"큰--- 늑대가--- 아기 양을--- 잡아먹으려 해요!"

그 순간이면 꼭 손을 들고 오줌 마렵다고 하든가, 아니면 오줌 쌌다고 하는 아이들이 있었다. 이야기 하나를 마치는 데, 끊고 이어가며 거의 며칠이 걸렸다.

"지난 시간에 어디까지 이야기했죠?"

"말을-- 안 듣는-- 아기 양이-- 늑대에게-- 잡아 먹혔어요!"

쉬는 시간이면 목마 두 개를 서로 차지하려고 벌떼처럼 달려들어 밀고 당기느라 결국은 그 누구도 목마를 타지 못했다. 그래서 큰 아이들은 다른 놀이를 발명했다.

'말 타고 싸우기'

한 명이 다른 한 명을 업고 한 팀이 돼서 소리치며 달려가 싸우는 것이다. 떨어지거나 넘어지면 지는 놀이였다. 두 선생님은 그런 우리를 보고 걱정이 돼서 온 마당을 쫓아다니며 소리쳤다.

"그럼 안 돼! 그러다 넘어지면 다쳐! 봐! 할머니 꽃이 다 짓밟혔잖니!"

할머니는 집주인이다. 어떻게 자기 집에 유치원을 차리는 것을 용인해주었는지 지금 생각하면 이해가 안 된다. 아무튼 우리의 전쟁은 불붙었고, 이쪽에서 휴전하면 저쪽에서 불타올랐다. 그런데 원래는 아주 재미있었던 이 놀이에 언제부터인지 포로를 벌하는 규칙이 생겼다. 말에서 떨어진 아이는 패장이니 대우가 좋을 리 없다. 그래서 꿀밤을 받거나 아니면 말과 함께 상대방에 귀순하기도 했다. 그렇게 반역자가 생기고, 반역자에게는 더 심한 벌이 가해졌다. 반역자가 다시 잡혀오면 양쪽에서 두 명이 뒷짐을 지게 한 다음 잡고 걸어 다닌다. 그러면 다른 아이들이 머리카락이나 귓불을 잡아당겼다.

아이들에게는 이런 벌칙이 놀이 자체보다 훨씬 더 유혹적이었다. 나중에는 싸움도 필요 없이 바로 이 벌칙 자체가 놀이가 되었다. 그런데 누가 이런 벌칙을 받을까? 한두 명의 대장이 정해지고, 그들이 말하면 끝이었다. 그들이 누구를 가리키며 반역자라고 하면 그 아이는 반역자가 되었고, 반역자가 되었으니 당연히 벌을 받아야 했다.

아이라 해도 인성은 적나라하게 드러난다. 벌을 피하기 위해 다들 대장에게 충성하고 아부한다. 어른보다 훨씬 더 솔직하고 직설적이다. 하지만 이렇게 놀기 위해서는 결국에는 벌 받을 사람이 필요하다. 두려운 날은 언젠가는 온다. 나이를 먹는 것처럼 결국에는 오게 되어 있다.

반역자는 포로보다 훨씬 더 두렵다. 포로는 충성과 용맹을 보여주며 미래를 기대할 수 있지만 반역자에게는 아무것도 없다. 순식간에 모두에게 버림받는다. 당시 대여섯 살 무렵이던 나는 벌써 인간이 아무 도움도 받을 수 없는 환경에 처하는 것을 보았다. 그때의 유일한 기도는 얼른 두 선생님이 나타나 이 황당하고 무서운 놀이를 끝내주는 것이었다.

하지만 또 알게 된다. 이런 놀이는 선생님의 제지로 끝나는 게 아니라는 것을.

이런 징벌은 점점 모든 시간으로 퍼져나가고, 모든 아이의 얼굴과 마음속으로 퍼져나간다. 계절풍처럼 소리 없이 불어와 휘감는다. 벗어날 수도 없고, 어디 하소연할 곳도 없다. 어디서부터 오는지도 알 수 없고, 예측할 수 없는 날씨처럼 갑자기 방향을 바꾼다. 나에게 다가오는 듯하다가 갑자기 다른 아이에게 옮겨가며 예측할 수 없는 운명에 놓이게 한다.

나는 더 이상 유치원에 가고 싶지 않았다. 아침이 오는 게 두렵고,

저녁만을 기다렸다. 나는 꾀병을 앓기 시작했고, 어떡하든 집에서 할머니와 함께 있으려고 온갖 방법을 생각해내야 했다. 지금도 나는 유치원 문 앞에서 들어가지 않으려고 우는 아이들을 보면 조마조마하다. 저 유치원에서도 혹시 그처럼 무서운 놀이가 있는 건 아닌지 상상한다. 그 생각만 하면 밝은 대낮에도 어디선가 귀신이 배회하는 것처럼 <u>으스스</u>해진다.

유치원은 그리 좋은 추억을 남겨주지 않았지만, 두 선생님은 늘 기억에 남아 있다. 통통한 분과 마른 분 모두 자상했고, 모두 바빴고 안절부절못하며 허둥댔다. 아이들이 넘어지거나 부딪칠까 걱정했고, 주인 할머니의 꽃을 망칠까 걱정했다. 언제나 걱정과 두려움을 담고 사는 것 같았다.

어른이 되고 나서야 그분들의 출신에 대해 생각해보았다. 두 사람은 아마 사촌이거나 어렸을 때부터 친구였을 것이다. 두 분 다 좋은 환경에서 훌륭한 교육을 받았을 것이다. 두 분 다 풍금 연주를 잘하는 것이 그 증거다. 내가 유치원에 처음 다니기 시작했을 무렵, 선생님들은 이렇게 말씀하셨다.

"우리도 이제 풍금을 살 거예요. 유치원에도 풍금이 생길 거고, 장난감들도 조금씩 늘어갈 거예요. 다들 좋죠?"

"좋-아-요!"

그리고 내가 유치원을 떠나기 얼마 전에 진짜로 풍금이 들어왔다. 두 선생님은 풍금을 보물처럼 들고 와서 거울처럼 빛나게 닦은 다음, 교실에서 가장 눈에 띄는 곳에 놓았다. 아이들은 풍금을 둘러싸고 숨을 죽였고, 두 선생님은 서로 연주를 양보했고, 조바심이 난 아이들은 와글와글 떠들었고, 그러다 마침내 쑨 선생님이 풍금 앞에 엄숙히 앉았다. 풍금 주변에 바짝 달라붙어 있던 아이들은 드디어 풍금에서 소리가 나자 환호성을 질렀다. 수 선생님이 손가락을 입에 대고 쉿! 하자, 온 교실은 다시 조용해졌다. 아이들은 감탄사를 참아내며, 선생님의 손가락을 따라 이리저리 눈동자를 굴렸다.

그날은 옛날이야기 없이 두 선생님의 풍금 연주와 노래로 가득했다. 그때 나는 두 분이 평범한 선생님과는 확실히 다른 것을 느꼈다. 웃음 짓는 얼굴에 생긴 주름마다 천진함과 순수함이 배 있었다. 그날의 풍금소리를 아직도 기억한다. 지금도 천진하고 순결한 물건이나 사람을 만나면 그 풍금소리가 퍼지는 듯한 느낌을 받는다. 내 눈 앞에서, 내 마음에서 따뜻한 빛이 반짝하면서 풍금 건반을 두드리듯 톡톡 튀며 움직인다. 두 분은 분명 교양 있는 가정에서 자랐고, 부모는 따뜻하고 다정한 사람이었을 것이다. 풍금소리 속에서 자랐고, 가벼운 부침은 있었겠지만 언제나 밝고 화목한 가정이었을 것이다.

이런 여성은 젊은 시절 사랑에 대해 신성한 기대를 품고 있기 마련이고, 세속에 물들지 않아 고고하다. 그들은 미래를 그리며 서로 얼굴이 붉어지고 심장이 두근거리는 이야기를 나눈다. 그들이 말하는 미래의 가장 중요한 부분은 어디에선가 자신을 향해 다가오는 남자다. 이 남자의 모습은 책 속에 단서가 있다. 로맨스 소설의 바람둥이 같은 남자가 아니라 빼어난 문학작품에서 그 모습을 볼 수 있다. 분명 그럴 것이다. 예를 들어 톨스토이 작품의 인물이 분명하지만 브론스키나 카레닌 같은 남자는 아닐 것이다. 하지만 미래에 대한 묘사는 분명할 수 없고, 상상의 시간이 거듭되면서 그녀의 청춘은 시들어간다. 인민을 혁명하라는 시대의 말로 하면, 그녀들은 진정한 '쁘띠 부르주아'의 극치다. 폭풍이 거세게 일던 그 시대에서는 세상과 단절된 쁘띠 부르주아의 따뜻한 바람일 뿐이다.

대략 이러했을 것이다. 아마도 그랬을 것이다. 이런 가정을 해보자! 갑자기 세상이 뒤집어졌다. 그 변화가 어떻게 생활을 침범했을지 구체적으로 상상하기는 어렵지만, 아마 달리 특별할 것 없이 쇠락한 다른 모든 중산계급 가정과 마찬가지였을 것이다. 소녀들은 두려워서 허둥대다가 앞으로 전과는 다른 삶을 살아야 하는 것을 알았을 것이다. 여기저기 떠돌며 친척과 친구들에 의탁하고, 먹을 것과 입는 것을 줄이고, 시대의 흐름에 이리저리 휩쓸리며 망망대해에서 방향을 잃은 것 같은 부침과 영락을 겪으며…… 그리고 마침내 어느 날 안정을 찾게 된다. 하지만 미래는 전에 상상의 나래를 펴던 그런 모습이 아님을 분명히 알게 되었다. 지금까지 상상해온 모습은 옛날 지

폐처럼 쓸 수는 없지만 차마 버리지 못하고 간직한다. 독신주의는 아마도 그때부터 어쩔 수 없이 단단해진 것은 아닐까. 두 사람이 갖고 있는 값나가는 물건은 다 합쳐봐야 얼마 되지도 않고, 아무리 이리저리 계산해봐도 앞으로 생계를 이어 나갈 마땅한 방법도 떠오르지 않았다. 그러다 냉혹한 현실과 지난날의 낭만을 섞어 고민하다 마침내 영감이 떠올랐다.

유치원을 차리자!

천진난만한 아이들이 바로 격려이고, 믿음이고 기쁨이 될 거야!

유치원이라고?

응! 유치원!

세상과 경쟁하지 않고 안빈낙도하는 마음으로 살자. 온 힘을 다해 경쟁하고 애쓰는 건 우리의 미래가 아니야. 그렇지 않아?

두 사람은 마침내 돌아갈 곳을 찾았다. 안개 속처럼 갈피를 못 잡고 살아온 반평생 끝에서 마침내 운명의 관대한 허락을 듣게 되었다. 두 사람은 집을 빌리고, 간단히 칠을 하고 칠판과 목마를 샀다. 다른 물건은 돈 때문에 천천히 생각하기로 하고 일단 유치원을 시작했다.


초등학교를 졸업할 무렵 그 유치원에 한 번 가보았다. 과연 회전목마, 미끄럼틀, 정글짐도 있었고, 교실 안에도 탁자와 의자가 잘 갖춰졌고, 아이들도 그때의 몇 배는 되어 보였다. 집주인 할머니는 이미 이사를 갔다. 한 젊은 여선생님이 북쪽 방 앞 복도에서 풍금을 연주했고, 아이들은 마당에서 풍금소리에 맞춰 체조를 했다. 남쪽 방은 부엌으로 개조해서 이제 유치원에서 식사도 가능해졌다. 여선생님이 내게 물었다.

"누굴 찾니?"

"수 선생님과 쑨 선생님은 안 계세요?"

"아! 그분들은 벌써 퇴직하셨단다."

집에 돌아가 어머니께 말했더니 혼자 중얼거리셨다.

"퇴직은 무슨…… 그 사람들 출신과 계급이 교육사업에 적합하지 않아서지……."

나중에 문화혁명이 시작되었고, 그분들은 다시 원래 호적지로 돌아갔다는 얘기가 들렸다.


문화혁명이 더 이상 어찌할 수 없는 상황에까지 이른 어느 날, 나는 길거리에서 쑨 선생님을 봤다. 약간 엉클어진 머리로 앞만 응시하며 길을 걷고 있었는데 여전히 허둥지둥 다급한 모습이었다. 내가 선생님을 부르자 멈춰서더니 멍하니 나를 쳐다보았다.

"저 기억 안 나세요?" 하며 내 이름을 말했다.

선생님은 죽은 사람처럼 무표정하던 얼굴에 갑자기 생기가 돌더니 말했다.

"아! 너구나! 아아아…… 그때 일 때문에 정말 억울했었지?"

나는 일부러 아무것도 모르는 듯 말했다.

"억울이요? 제가요?"

사실 그것이 무엇을 가리키는지 알고 있었다.

"그 일이 있고 나서 유치원에 안 왔지…… 수 선생님도 그랬어. 네 마음이 많이 다친 것 같다고……."

그 일은 내가 초등학교 들어가기 얼마 전의 일이다. 동쪽 교실 문 앞에서는 안으로 들어가려는 아이들과 못 들어가게 막아선 아이들이 실랑이를 벌이고 있었다. 별일은 아니고 그냥 놀이일 뿐이었다. 나는 들어가려는 아이들 속에서 힘껏 문을 밀고 있었는데 문틈에 손가락이 끼고 말았다. 너무 아파서 발로 문을 힘껏 찼는데, 문 뒤에 있던 여자아이가 부딪혔다. 여자아이는 이마에 동그란 혹이 생겼고, 코피를 흘리며 엉엉 울었다. 수 선생님이 오셔서 아이를 달래며 내게 교실 문 밖에 서 있는 벌을 내렸다.

창문 앞에 서서 다른 아이들이 수업하는 모습을 보니 억울하고 속이 상했다. 그래서 크레용으로 창틀에 '아줌마'라고 쓰고 옆에 '수(苏)' 자를 썼다. 수 선생님이 발견했을 때는 하얀 창틀이 아줌마와 수 자로 가득했다. 선생님은 입술을 바들바들 떨며 간신히 한마디를 했다.

"이 창틀, 나랑 쑨 선생님이 며칠 동안 열심히 칠한 건데……."

그 뒤로 나는 유치원에 나가지 않았다. 곧 학교에 다닌다는 이유를 댔지만 사실 그 창틀을 다시 볼 자신이 없었다.

쑨 선생님은 흰머리만 늘었을 뿐 별로 변하지 않았다. 예전의 다정한 표정과 허둥지둥한 모습도 그대로였다.

"수 선생님은요? 잘 지내세요?"

쑨 선생님은 고개를 들어 나를 한참 바라보았다. 내 나이를 가늠한 듯, 어른을 대하는 어투로 낮게 말했다.

"우리 모두 결혼했단다. 각자 가정 때문에 바빠서."

더 묻기에는 적당하지 않은 것 같아 그만두었다. 하지만 그 뒤로 자주 생각이 났다. 어떤 남자와 어떤 가정일까? 어린 시절의 두 사람의 기대와 비슷할까? 햇빛 같은 그 풍금소리와 어울리는 사람과 가정일까?

## 둘째 외할머니

유치원의 두 선생님을 생각하면 늘 함께 떠오르는 사람이 있다. 아니, 사실 그들은 서로 아무 교류가 없다. 그분과 쏸, 수 선생님은 전혀 모르는 사이인데 나의 인상 속에서 셋은 마치 서로의 그림자인 듯 언제나 함께 나타났다.

그분, 그 여성. 나는 그녀를 '둘째 외할머니'라 불렀다. 무슨 이유인지 모르지만 늘 그녀에 대해 글을 쓰고 싶었다. 그런데 정말 쓰려고 보니 그분에 대해 아는 것이 너무 없다는 것을 알게 되었다. 그분은 내 어린 시절에 반짝 나타났다 사라졌다. 심지어 나는 그분의 이름도 모른다. 어머니가 살아 계셨을 때 물어봤는데 벌써 잊어버렸고, 그래서 어머니가 돌아가시고 나서 그 이름은 영원히 사라져버렸다. 그 이름 아래의 역사, 그 이름 아래의 바람은 모두 흔적도 없이 사라져 마치 원래부터 존재하지 않는 것 같다. 아버지께 물어본 적이 있었다.

"제가 둘째 외할머니라 부르는 그분 이름이 뭐예요?"

아버지는 멍하니 허공을 보며 생각했는데 금방이라도 기억날 것 같은 표정이었지만 결국은 기억을 떠올리지 못했다. 외삼촌에게 물어도 아버지와 완전히 같은 반응이었다. 다만 외삼촌은 그분이 문화혁명 기간에 사망했다는 사실을 알려주었다. 외삼촌은 내가 그녀를 기억한다는 사실에 깜짝 놀랐다.

확실히 조금 이상하긴 하다. 우리가 서로 만난 건 아무리 많아야 열 번을 넘지 않는다. 그분이 내게 무슨 말을 했는지도 전혀 기억나지 않고, 목소리도 떠오르지 않는다. 마치 그림자처럼 소리도 없고 흑백인 사람이다. 하얀색 치파오를 입고, 어두컴컴한 곳에서 걸어 나와, 저녁 햇살을 받으며 내게 다가와 머리를 가볍게 쓰다듬고, 머리카락을 정리해주었다. 내 머리카락 사이를 만지는 가는 손가락이 가볍게 떨렸다. 단지 그뿐이다. 그 나머지는 전부 다 모호하다. 사실 내가 그분에 관해 쓰려는 지금도 나는 왜 쓰려는지, 또 무엇을 쓰려는지조차 잘 모르겠다.

그분은 아마 나를 기억하지 못할 것이다. 아직 생존하신다고 가정한다면 내 이름은 분명 아주 오래전에 잊었을 것이다. 하지만 내 어머니는 분명 기억할 것이고, 그분 또한 어머니에게 그때 아들이 하나 있었다는 것을 기억할 것이다.


어머니가 나를 데리고 그분을 보러 간 건 아마 내가 여섯 살 아니면 훨씬 더 이전일 것이다. 왜냐하면 유치원에 들어간 이후로는 한 번도 본 적이 없기 때문이다. 그분은 아름다웠던가? 엄청난 미인이라고 할 수는 없지만 예뻤다. 단아하고 얌전한 행동거지에 머리부터 발끝까지 단정하고 깔끔했다. 베이징 어느 지역에 살았는지는 기억 못하지만 작고 소박한 마당은 인상에 남아 있다. 마당은 조용하고 정갈했고, 한 구석에 석류나무가 있어서 붉은색 꽃잎이 흩날리던 모습도 남아 있다. 그분은 마당 안쪽 구석의 작은 방에 살았다. 저녁 무렵이 돼서야 햇빛이 간신히 그 방으로 비춰, 옅고 은은한 석양빛이 방 안에 스며들었다. 그분은 그 석양빛 뒤의 조용한 공간에서 걸어 나와 우리를 맞았다. 어머니가 나를 보며 말했다.

"둘째 외할머니라고 불러라. 어디 불러보렴."

"둘째 외할머니!"

그분은 내 앞에 다가와 머리를 쓰다듬었다. 얼굴은 볼 수 없었지만 그분이 미소 짓고 있는 것을 알았다. 그리고 미소 뒤에는 두려움이 느껴졌다. 우리의 방문 때문은 아니었다. 얼음처럼 차갑고 가볍게 떨리는 손을 통해 나는 알 수 있었다. 그 두려움은 보다 더 깊고 은밀한 곳에서, 어쩌면 보다 먼 영역에서 시작된 것이다. 그 떨림은 이성적으로 분석할 수 없는 것이다. 어린아이의 단순한 마음으로만 느낄 수 있는 것이었다.

어쩌면 그 떨림 때문에 내가 그분을 기억하는지도 모른다. 어쩌면 내가 쓸 수 있는 것도 그 떨림뿐일지도 모른다. 그 떨림은 깊숙하고 고요한 곳까지 닿아서 사람들에게 예상치 못한 감동과 울림을 주는 우화처럼, 간절함이고 하소연이었다. 그 떨림은 가장 아득하고 광활한 소리이다. 밤의 흐름처럼 한 번도 쉬지 않고 멈추지 않고 퍼져나간다. 그 떨림은 시간과 함께 흐르면서 아이의 단순한 영혼을 열었고, 다른 이의 이야기와 연결돼 풍부한 역사를 감싸 돌며, 온갖 가능한 운명을 만들었다.

분명 그랬을 것이다. 그래서 내가 그분을 기억하는 것이다. 미래에, 사람을 떨게 만드는 수많은 운명 옆에 그녀는 언제나 나타났다. 마치 수많은 소리 없는 영혼이 응집된 것처럼, 소멸된 모든 염원이 손을 들어 추천하는 것처럼. 그 가는 손가락은 언제나 내 머리카락 사이를 가르며 떤다. 그리고 또 내게 묻는다. 이 세상의 이야기는 모두 무엇이며, 그 이야기 속에 누가 있는지?

둘째 외할머니는 어머니보다 겨우 몇 살 더 많았다. 그분은 어머니를 부를 때 이름을 불렀고, 어머니는 그분을 부르지 않았다. 그냥 호칭을 생략하고 바로 용건을 말했다. 어머니가 쉴 새 없이 이런저런 이야기를 하면 그분은 짧게 답했다. 석양 아래서 바삐 왔다 갔다 하는 어머니에 비해 그분은 어두컴컴함 속에 정지된 것 같았다. 흰색 치파오와 어두컴컴함은 하나인 듯했고, 창백한 안색만이 그분이 거기 있음을 알려주었다.

움직임과 멈춤, 나는 그것으로 두 사람을 구분했다. 어머니는 그분에게 재단 기술을 가르쳐달라고 했다. 천이 두 사람 사이를 왔다 갔다 하고, 베개나 손수건에 다양한 실로 수가 놓여졌다. 가끔은 무슨 비밀 이야기를 하는 듯 내 표정을 살폈고, 내가 가까이 다가가면 어머니는 목소리를 낮추었다.

이뿐이다. 둘째 외할머니의 관한 묘사는 이것이 전부다. 그분의 속마음은 어머니 말고는 다른 사람은 알 수 없었을 것이다. 그런데 어머니는 누구에게도 그분에 관한 이야기는 하지 않았다.

아주 오랫동안 나는 둘째 외할머니가 누구인지 깊이 생각해보지 않았다. 그저 우리 집안의 친척이라 여겼다. 어느 날, 아무 이유도 없이 어머니께 물었다. 그때 아마 몇 년간 나를 데리고 둘째 외할머니를 보러 가지 않은 것이 떠올랐던 것 같다.

"둘째 외할머니는 엄마의 누구예요?"

갑작스런 질문에 어머니는 당황했다. 나와 어머니의 시선이 가깝게 부딪혔고, 그때 알았다. 내 질문 속에 일반적이지 않은 무언가가 있다는 것을. 어머니도 아셨던 것 같다. 더 이상 숨길 수 없는 일도 있다는 것을.

"아…… 그분은…… 음…….."

나는 아무 말도 하지 않았고, 어머니의 말을 끊지 않았다.

"네 외할아버지의…… 둘째 부인. 너도 알겠지만. 옛날에는……
그런 일이 많았어."

나와 어머니의 눈빛이 다시 가볍게 부딪혔다. 이번에는 나와 훨씬 가까운 곳에서였다.

아…… 그게 어머니가 나를 데려가지 않은 이유였을 것이다.

"지금 그분은 어디에 계세요?"

"모른다."

어머니가 가볍게 고개를 저으며 한숨을 내쉬었다.

"어쩌면 우리가 만나러 가는 걸 원하지 않을지도 몰라…… 뭐, 괜찮아……, 분명히 결혼했을 거야."

'분명히'라는 말이 필요를 의미하는지, 가능을 의미하는지 파악이 안 되었다. 어머니의 저 말이 위안인지 걱정인지도 알 수 없었다.


문화혁명 시기의 어느 날, 외출에서 돌아오신 어머니가 아버지에게 버스정류장에서 둘째 외할머니를 본 것 같다고 말했다.

"잘못 본 거 아니야?"

아버지의 물음에 어머니는 아무 말도 하지 않았다.

어머니는 저녁 준비를 하며 시시때때로 멍하니 생각에 잠겼다.

"맞아. 분명 그 사람이에요. 그쪽도 분명 나를 봤어. 그런데 나를 피했어."

아버지는 잠시 아무 말 없더니 어머니를 위로했다.

"좋은 뜻이었을 거야. 우리가 피해 입을까봐 두려워서."

어머니가 한숨을 쉬며 말했다.

"하…… 대체 누가 누구에게 피해를 준다는 건지……."

그리고 얼마 후 둘째 외할머니는 세상을 떠났다.

## 공백의 사람

　나는 외할아버지라 불러야 할 그분을 한 번도 본 적이 없다. 내가 태어나기 전, 첫 번째 진반鎭反[10] 중에 돌아가셨기 때문이다.

　어렸을 때 우연히 외할아버지라는 단어를 들었다. 그때 그 단어 뒤에 분명히 한 사람이 있을 것 같다 생각했다.

　"외할아버지는 어디 있어요?"

　"돌아가셨다."

　그렇게 해서 그 단어에 상응하는 한 사람의 공백이 생겼다.

　지금까지도 나는 그 공백에 구체적인 모습이나 소리, 행동을 그려 넣을 수 없다. 때문에 내게 그분은 아프리카나 바다 속, 우주의 블랙홀 같은 이야기처럼 멀고 낯설다. 그저 일종의 개념일 뿐으로, 가까이 다가간 적 없고, 만질 수 없는 어렴풋하고 희미한 존재였다.

　하지만 그렇다 해서 결코 없는 것이 아니었다. 바람 같았다. 바람이 어떤 모습인가? 나무가 움직이는 모습으로, 구름이 변화하고, 모자를 날려버리거나, 눈에 모래를 넣기도 한다……. 그러므로 외할아버지는 언제나 있었다. 어떤 사물 속에서도 말로써 존재했다. 다만 말은 침묵일 수도 있다. 그 사람의 공백은 어머니의 침묵으로 채워졌다. 그것은 어머니의 무언가 숨기는 눈빛과 말속의 두려움이었고, 할머니의 구원 같은 말참견이거나 아버지의 거짓말이었다. 그 사람의 공백에는 분명 위험이 숨겨져 있을 것이라 생각했다. 그렇지 않다면 그 단어가 나오면 왜 모두가 우물쭈물하고 답답해하고 심지어 놀라고 긴장할까? 그 위험이 무언지 정확하지는 않지만 분명히 감지할 수 있었다. 어린 시절에 이미 그 위협을 느꼈기에 나는 더 이상 묻지 않았다.

그런데 어느 날, 어머니는 정중하게 외할아버지의 일을 들려주셨다. 아주 갑작스러웠고 아주 맹렬한 바람처럼 그렇게 다가왔다.

그때 나는 막 열다섯 살이 되었다. 이른 봄날의 어느 오후, 어머니가 말씀하셨다.

"햇빛이 아주 좋구나. 우리 나가서 좀 걸을까? 네게 할 말이 있는데."

어머니가 그렇게 말할 때 나는 이미 느꼈다. 그 위험이 마침내 얼굴을 드러내려 한다는 걸.

거리에 늘어선 버들개지는 바람이 불 때마다 하늘하늘 흔들거렸다. 과연 그 아름답게 빛나는 햇빛 사이로 총성이 들려왔다. 그 총소리는 음울하고 침울했다. 어머니의 이야기를 통틀어 '외할아버지'란 단어는 한 번도 나오지 않았다. 단지 '그'라고 했지만 설명할 필요도 없이 나는 그가 누구인지 바로 알아들었다. 나는 묻지 않고 듣기만 했다. 어쩌면 듣지도 않았을지 모른다. 그 총소리는 그렇게 오랜 세월 숨어 있다가 마침내 그 오후에 전해졌고, 바보 같은 나도 내 어린 시절은 이제 다시는 붙잡을 수 없다는 것을 알아차렸다. 나의 어린 시절은 바로 그 순간에 '역사'라 불리는 곳으로 들어가 다시는 돌아올 수 없게 된 것이다.

어머니는 아주 힘들게 말을 이어갔고, 나는 조용히 걷기만 했다. 어머니는 분명 의아했을 것이다. '얘가 왜 이렇게 침착하지?' 분명 이렇게 생각했을 것이다. 어머니의 시선은 내 얼굴을 조심스레 훑으며 무언가를 찾았다. 우리는 수 킬로미터에 달하는 교외 도로를 걸었다. 차도 마차도 거의 없고, 사람들의 소리는 점점 멀어졌다. 온 하늘이 버들개지였고, 온 땅이 버들개지의 시체로 가득했다. 그 계절, 다른 꽃들은 하나도 피지 않았고, 들판은 광활했다.


그 후로 그분은 종종 친척들의 조심스런 한숨 속에서 튀어나왔다. 그 공백 속에 불현듯 유령처럼 나타나 머뭇머뭇 더듬더듬 안개 속에 모습을 가린 듯 더 불분명해졌다.

"죽었을 때 쉰도 안 됐죠? 당사자는 말할 것도 없고, 고향에 있는 누구도 예상 못했다고……."

"그때 일본놈들에게 잡혀가서 죽도록 맞고 끌려갔잖아. 그때서야 사람들은 그가 항일운동을 한 걸 알았지……."

"나중에 누가 그를 구했다고는 하던데. 근데 어디로 갔는지 아는 사람이 없었어. 일본이 항복한 그해에 누가 봤다고 했고, 또 그가 사람들을 이끌고 마을로 들어왔다고 했잖아. 그때 우리 다 달려가서 봤잖아? 안 그래? 큰 말을 타고 군관 몇 명과 함께 대열 맨 앞에서⋯⋯."

"노인들이 다 그랬잖아. 어렸을 때부터 남달랐다고. 학교 들어가서는 과목마다 다 1등이었고⋯⋯ 참 안됐지. 하필이면 국민당에 참가해서⋯⋯, 국민당 때문에 인생이 망가졌지."

"진짜 대단한 인물이었는데! 마을에 유치원 세운 이야기 들었지? 자기가 돈을 모아 유치원 열고, 야학도 세우고, 젊은이들 청해 수업하고. 아이들은 노래를 배우고, 어른들은 가서 글 배우고. 야학에서 수업도 했잖아⋯⋯."

"점치는 사람이 그랬어. 능력은 너무 뛰어난데, 고집이 세서 사람들을 좀 힘들게 한다고. 그래서 나중에 소인배의 계략에 잘못될까 걱정된다고⋯⋯."

"해방[1] 되기 얼마 전에 큰아들이 돌아와서 잠시 몸을 숨기라고 권했지. 어수선한 시기는 일단 넘기고 보자고. 근데 듣지 않았어. 탐욕을 부렸거나 사람들을 탄압하지 않았는데 왜 숨느냐면서. 공산당이 민심을 얻은 것은 좋은 일이니 자신이야 갖고 있던 자리에서 물러나면 된다고. 하지만 누가 와도 자기는 도망치지 않겠다고, 숨고 도망칠 이유는 없다고 했지."

"나중에도 사실 별일 없었는데⋯⋯. 그가 베이징에 간 건 정치에서 물러나 뭔가 돈 벌 일이 없을까 해서였는데. 그런데 그때 부하 하나가 없는 일을 꾸며서…… 하, 세상 사는 게 참…… 어느 때든 남에게 미움을 사면 좋지 않아."

"사실 그냥 며칠만 숨어 있었으면 괜찮았을 거야. 누가 뭐라 해도 그렇게 죽을죄는 절대 아니었다고…… 그 일이 닥쳤을 때도 죽을 거라고는 생각도 못했지. 잡혀가면서도 말했잖아. 좋아! 죄가 있다면 그 죄만큼 벌을 받으면 되지!"


이 안에는 분명 숨겨진 이야기가 있다. 비참하거나 혹은 뜻밖에도 익살맞은 이야기가 감춰져 있을 것이다. 하지만 나는 그것을 고증할 생각이 없었다. 조사하거나 행적이나 자료를 수집할 생각도 없었다. 어렸을 때는 감히 묻지 못했고, 지금은 이 일이 이야기가 되게 할 수 없다. 이야기는 때로는 필요하고, 때로는 사람을 의심하게 만든다.

이야기는 이야기로서의 요구 때문에 강요가 있을 수밖에 없다. 마음을 움직여야 하고, 감동에 눈물을 흘리게 만들고, 파란만장해야 하고…… 결국 사람을 매혹시켜야 한다. 그 결과는 그냥 하나의 이야기가 될 뿐이다. 사람들의 진짜 고통과 고난이 다른 사람들에 의해 엮여 즐거움이 되고, 한 시대의 절망과 바람이 다른 시대에 소탈한 문자로 바뀌는 일. 물론 정당하지 않다고 할 수는 없지만 그 사이에는 어쩔 수 없는 거대한 틈이 생기고, 그 사이로 절대 놓쳐서는 안 되는 것들이 자꾸 새어 나간다.

중요한 것은 사건이 아니고 도리도 아니다. 중요한 것은 마음이다.

그래서 이 숨겨진 이야기의 요점에 대해 나는 감히 묻지 못한다.

'외할아버지'라는 단어가 남긴 것은 이야기가 아니라 숨어 있는 두려운 역사다. 내가 어렸을 때부터 소년을 거쳐 청년이 될 때까지 갖고 있던 두려움이다. 어렸을 때부터 그 모호하고 흔들리는 그의 공백 아래 웅크리고 앉아 감히 고개를 들지 못했음을 기억한다.

어린 시절의 모든 놀이 속에 그 어두운 그림자가 있었고, 모든 꿈 속에서 그는 떠들썩했다. 나는 철이 들자마자 그 두려움을 느꼈고, 모든 소년이 품는 기대 속에, 모든 동경 속에 그 검은 날개가 퍼덕거렸다. 햇빛 속에도 잠복처럼 처량함이 있었고, 바람 속에도 그의 어두움이 함께했다. 외할머니는 전전긍긍했고, 어머니는 아무 말도 하지 못했고, 할머니와 아버지는 주변을 의식하며 소리를 낮추었고, 둘째 외할머니는 알 수 없는 두려움에 떨었다…….

그래서 나는 그것을 이야기로 만들 수 없다. 그것이 이야기가 되면 영원히 그저 이야기로 남을까 두려웠다. 그리고 그 불분명하고 모호함이란 반드시 구체적인 형태를, 구체적 상황을 원하는 것도 아니다. 비참하고 황당한 상황은 별다른 새로운 의미가 있을 리 없다. 그저 기도가 필요할 뿐이다. 수많은 사람들의 막막함과 탐구, 복수와 질시, 젊음과 쇠로함…… 그 모든 것이 마지막에 요구할 수 있는 것은 모두 다 기도일 뿐이다.


　어느 해 텔레비전에서 진정한 참회를 아는 사람을 보았다. 그는 2차 대전 중 죽임을 당한 유대인의 묘지에 가서 무릎을 꿇었다. 그때 참회는 그저 몇몇 사람들의 마음으로는 안 된다는 것을 알았다. 어느 해 나는 또 텔레비전에서 기도하는 사람을 보았다. 그는 2차 대전 중 사망한 독일병사들의 무덤 앞에서 서서 조용히 애도했다. 그래서 그때 나는 기도의 모든 방향을 보았다.

　외할머니에 대한 기억은 아주 적다. 그분은 글자를 알지 못했고, 발은 할머니의 발보다 훨씬 더 작았고, 계속 고향 줘저우(涿州)에 살았다. 어렸을 때 가끔 어머니가 외할머니를 집으로 모셔왔는데, 오자마자 침대에 앉아 하루 종일 신발을 수선하거나 솜이불과 솜옷을 만들었다. 침대에서 기계같이 동작을 반복하며 내게 귀신이나 요괴이야기를 들려주셨다. 어머니는 외할머니가 이야기를 시작할라치면 못하게 막았다.

　"엄마! 그런 미신같이 황당한 이야기는 하지 말아요!"

　그러면 할머니는 부끄러운 듯 웃었고 내게 조심스레 말했다.

　"엄마 말이 맞다. 공부 열심히 해라. 그래야 나중에 큰 벼슬을 한단다."

　어머니는 그 말도 어이없어했다.

"엄마! 그런 말이 아니잖아요?"

그러면 외할머니는 또 미안한 듯 웃으며 고개를 들어 주변을 둘러보고, 유리창 너머 석양을 바라보고, 마당 가득 핀 해당화를 바라보았다. 그리고 다시 고개를 숙이고 바느질을 했다. 웃음과 웃음 사이에 막막함은 속으로 삼켰다.

나는 또 생각해본다. 외할머니는 둘째 외할머니의 존재를 몰랐을까? 분명 알았을 것 같은데 내 기억에는 그분에 대한 외할머니의 어떤 반응과 태도도 남아 있지 않다. 욕도 없고 원망도 없다. 어쩌면 그것이 외할머니의 덕행일지도, 어쩌면 무력함일지도 모른다.

혼인은 부모님이 정한 것이라, 외할아버지는 외할머니에게 진정으로 공백의 사람이다. 외할머니가 남편감을 보기 전에 외할아버지는 불확정적인 사람이었고, 보고 난 뒤에는 그 형상을 바꿀 수 없게 되었다. 그 공백의 사람은 둘째 외할머니에게는 그로 인해 기쁘고 슬프고 분노하고 욕하고 소리 낼 수 있는 구체적인 사람이었다.

외할머니는? 그분의 행복과 바람은 어디에 있을까? 어린 소녀가 여자가 되고, 그가 오고, 혼인을 하고, 그의 아이들을 낳고…… 그다음에 그를 자주 볼 수 없어도 여전히 바느질을 하며 세월을 보냈다. 그가 밖에서 무엇을 하는지도 몰랐는데 갑자기 총성이 들렸다. 그녀는 공백의 세계에서 늘 살아 있는 듯 생생한 공포와 굴욕을 느꼈고, 그것은 죽어서도 쉽게 벗어나기 어려웠다.

어머니는 어땠을까? 외할아버지의 그 일 때문에 대학에 가지 못했다. 그 총소리 후 어머니는 나를 낳았다. 그때 아버지는 아직 대학 졸업 전이라 어머니는 생계를 위해 속성으로 회계를 배웠다. 어머니는 꿈이 아주 많았다. 내가 불구가 되고 나서 몰래 글을 쓰는 것을 알아채고 말씀하기를, 당신도 젊었을 때 글을 쓰고 싶었다고 하셨다. 그 말을 할 때 웃으시던 모습이 예전 외할머니의 웃음과 똑같았다. 그리고 똑같이 부끄러운 표정으로 주변을 둘러보고, 창문 밖으로 석양을 바라보고, 마당의 해당나무를 보았다. 다만 해당나무는 이미 말라죽었고, 나뭇가지에 무성히 자란 콩넝쿨에는 얇은 콩꽃이 피어 있었다.

어머니는 중학교 때 작문 시간마다 칭찬을 받았고, 어머니의 글이 전교생 앞에서 낭독되기도 했다고 했다. 또 같은 반에 당신처럼 글을 잘 쓰는 남학생이 있었다고도 했다.

"며칠 전에 같이 본 영화. 각본가가 그 학생인 거 같아."

"정말로요? 왜 그런 생각을 했어요?"

"이름이 같았거든."

어느 날 집에 온 손님이 마침 공교롭게도 그 각본가를 안다고 하자 어머니는 자세히 물었다. 성별과 나이, 민족 모두 맞았다. 외모와 키는 어렸을 때와 비교할 수 없으니, 다급하게 물었다.

"그 사람 고향은 어디예요? 쥐저우 아닌가요?"

그 질문에 손님은 웃으며 고개를 저었다.

"그럼 나중에 기회 되면 한 번 물어봐줘요……."

그 말에 내가 소리쳤다.

"묻기는 뭘 물어요!"

어머니는 내게 선생님을 찾아주고 싶으셨을 테고, 나는 '선생님은 무슨!'이라는 마음이었다. 그때 나는 막 휠체어에 앉은 때라 패배 의식에 빠져 있었고, 병적으로 위축되어 있었다.

어느 해 작가협회에서 회의가 있었는데, 작가명단에서 그 각본가의 본적을 보게 됐다. 허베이 줘저우였다. 그때 어머니는 이미 세상을 떠난 뒤였다. 갑자기 마음속으로 생각이 스쳤다. 어머니는 단순히 내 선생님을 찾아주려 하셨던 걸까?


어머니는 아름다웠고 천성적으로 낭만적이었다. 그 총성 이후 어머니의 꿈은 모두 산산이 스러졌다. 그런데 총성은 계속 사라지지 않고 남아 주위를 맴돌았다. 문화혁명이 불처럼 번지던 어느 날, 어머니를 찾아 사무실로 갔더니 어머니 혼자 일을 하고 계셨다.

"왜 혼자예요?"

"다들 뒤집으러 나갔지!"

"어머니는 가지 말래요?"

"무슨. 내가 안 갔다. 혁명을 하는 사람이 있으면 일을 하는 사람도 있어야지!"

아주 오랜 시간이 흐르고 나서야 알게 되었다. 그것은 총성 이후의 경험에서 나온 지혜였음을. 어머니 같은 출신은 정치는 멀리해야 안전했다.

생산대로 떠나는 날, 어머니는 물었다.

"어디로 가니?"

"전국 어디로든!"

나는 얼마간 감상에 빠져 있었다. 어머니는 내게 15위안을 주셨다. 10위안짜리 한 장은 내의에 넣고 꿰맸고, 나머지 2위안, 1원짜리 2장, 1전짜리 10장은 겉옷과 주머니에 넣어주었다.

"그럼 전 이만 갈게요!"

어머니는 나를 잡더니 내 눈을 쳐다보았다.

"어떤 일은…… 내 말은 우리 집의 일. 알지? 다른 사람에게 말할 필요 없단다."

나는 고개를 끄덕였다. 호방한 기상과 시적인 감성이 반쯤은 사라졌다.

어머니는 그래도 손을 놓지 않고 말했다.

"꼭 기억해라. 누구한테도 말하지 말아. 제일 친한 친구한테도 말하지 마. 그건 속이는 게 아니라 그냥…… 그냥 말할 필요가 없는 거야……."

다시 오랜 세월이 흘러 누군가 집에 고향의 지방지를 가져왔다. 앞에 외할아버지를 칭송하는 글들이 보였다. 그로 인해 공백으로 있던 사람이 분명하고 확실한 모습을 갖게 되었다. 글 속에서 그분의 항일운동에 관한 공로를 말했고, 교육 분야의 노력을 칭송했다. 그뿐이었다. 다른 이야기는 언급하지 않았다. 이미 외할머니와 어머니 모두 이 세상에 없었고, 할머니와 아버지도 세상을 떠난 때였다. 그때 수십 년간 소식이 없던 외삼촌이 갑자기 돌아왔다. 백발에 등이 굽은 할아버지가 된 외삼촌은 그 지방지를 손에 들고 한참 동안을 아무 말도 하지 않았다. 손은 부들부들 떨었고, 얼굴도 파르르 심하게 떨렸다.

고향

　각종 서류나 표에 본적本籍을 쓸 때면, 베이징이라고 쓰기도 하고, 허베이(河北) 쥐저우(涿州)라 쓸 때도 있다. 그냥 기분 내키는 대로 쓴다. 베이징이라고 쓰는 것은 베이징에서 태어나 베이징에서 자랐고, 다른 곳에서 죽을 일은 아마도 없을 것 같기 때문이다. 또 쥐저우는 어렸을 때부터 그곳이 나의 고향이고, 부모와 조부모, 그 윗대 조상이 모두 그곳에서 살았다는 것을 들었기 때문이다. 사전을 펼쳐보면 본적의 해석은 이렇다.

　'조상 대대로 살아온 곳 또는 개인이 태어난 곳'

　공교롭게도 기분 내키는 대로 썼는데 둘 다 맞았다.

　하지만 고향이라고 불리는 그곳을 나는 마흔여섯 살 봄에 처음 가보았다. 그전에는 듣기만 했을 뿐이다. 할머니의 한숨에서, 부모님의 그리움과 두려움 속에서, 외할머니와 몇몇 친척들이 가끔 전해준 소식에서. 그리고 그분들이 환상인 듯 들려주던 쥐마(拒马)강 모습에서도. 하지만 사진 한 장 없어서 한 번도 본 적은 없다. 예전에 고향 사진이 몇 장 있었는데 내가 철들기 전에 다 없애버렸다고, 할머니는 아쉬워했다.


　마흔여섯 되던 해 봄, 나는 그곳의 존재를 직접 확인하러 갔다. 아버지, 큰아버지, 숙부와 함께 몇 시간 동안 차를 타고 고향에 도착했다.

쥐저우! 왠지 이렇게 부르면 안 될 것 같다. 쥐저우란 이름은 너무 구체적이고 너무 실제적이면서도 너무 낯설다. 그때까지 고향은 내 인상에서 언제나 허구이면서 환상이었다. 또 일종의 정서이고 소리이고 빛이고 분위기라 실제 장소와는 상당한 거리가 있다. 그러니 Z시라고 부르는 게 나을 것 같다. 46년 동안 이어진 전설을 말하는 데는 지리적 의미 없는 명칭이 훨씬 더 어울린다.

허구와 환상 같던 그곳은 실제로 존재하고 있었다. 부서지고 끊어진 성벽도 있고, 금방이라도 무너질 것 같은 탑도 있었다. 시내 중심에 종루와 고루가 있던 자리는 지금은 키 큰 잡초가 무성하게 자라고 있었다. 물론 새로 지은 호텔, 식당, 상점도 있었고, 거리마다 사람들이 가득했고, 거리마다 햇빛과 먼지와 물건 사라는 외침이 넘쳐났다.

시내의 배치는 규모가 조금 작고 더 단순할 뿐, 옛 베이징의 배치와 비슷했다. 시내 중심대로 입구에는 새로 만든 것이 분명하지만 오래된 것처럼 보이는 비석이 서 있었다. 어쩌면 진짜 발굴한 오래된 비석일 수 있고, 그로 인해 관광업이 발전하게 된 것일지도 모르겠다. 비석이 있는 누각 현판에는 '天下第一州(천하제일주)'라 적혀 있었다. 중국에는 천하제일 고을이 워낙 많아서, 이곳은 무엇이 천하제일인지 모르겠다.

우리는 도시의 거의 모든 골목을 다 걸었다. 아버지, 큰아버지와 삼촌은 걷는 길마다 이곳저곳을 가리키며 한숨을 쉬고 감탄했다. 이건 뭐고, 저것은 뭐고, 저 가게 상호는 과거에는 뭐였고, 저 집은 과거에 누구 집이었고, 저 사당은 과거에 얼마나 많은 사람들이 와서 향을 피웠는지 모른다고 말했다. 사당에서 행사가 열리면 팔던 연, 과자, 사탕과 두부의 맛을 이야기했고, 사당 뒤편 골목길은 너무 음산해서 귀신이 나온다는 소문이 있어 해가 지면 누구도 지나가지 못했다고도 했다. 도시 북쪽에 있던 돌다리는 여전히 그 모습 그대로라며 감탄했고, 어렸을 때 학교 가는 길에는 늘 그 다리를 건넜고, 다리 양쪽으로는 버드나무 가지가 축축 늘어져 있고, 다리 아래에는 맑은 물이 줄줄 흘러, 당시에는 Z시의 유명한 볼거리였다는 이야기도 들었다.

우리 학교는? 어디 있지? 저 큰 건물이라고? 정말 그때하고 완전히 달라졌어, 라며 한숨을 내쉬기도 했다.

나는 그들의 대화에서 고향이 천천히 확장해가는 것을 들었다.

고향은 먼지가 쌓인 오래된 기억 속으로 들어가, 끊임없이 새롭게 탄생했다. 지난날 혼수상태에서 천천히 의식을 되찾는 노인처럼 깨어나, 탄식과 감탄 사이에서 점점 생기를 찾기 시작했다. 그로 인해 우리는 역사에 의심을 품게 된다. 각기 다른 감정들을 따라가다 보면 역사는 원래부터 단정 지을 수 없는 것이란 생각이 든다.

길 가는 내내, 그렇다면 문학이 추구하는 진실은 과연 무엇인가를 생각했다. 역사가 승자나 왕이 만든 경전이라면, 문학이 그 부족한 부분을 메워야 하는 것이 아닐까? 그렇기에 문학은 바로 그런 침묵하는 마음을 중요하게 봐야 한다. 역사는 습관적으로 시간을 중심으로 서술하며, 공간 속의 진실을 간단히 다룬다. 이런 간단함과 단순함이 불만인 예술은 인간사 깊은 곳의 복잡함을 들여다보고, 일반화에 의해 누락된 곳으로 가 혼자 깊이 몰입하는 것이다.

시촨(西川)[12]의 시가 떠올랐다.


'책을 펼치자 한 영혼이 깨어난다…….

나는 한 가족의 예언을 읽는다.

내가 본 고통은 실제 고통에 비할 수가 없다.

역사는 소수의 위대한 공적만 기록할 뿐이고,

기타 사람들의 말은 합해져 침묵이 된다.'


나의 고향이 바로 이러했다. Z시는 계속 침묵하고 있지만 그 침묵 깊은 곳에는 슬픔과 기쁨이 더할 나위 없이 생생히 존재하고 있다. 침묵이 일반적인 것이라서가 아니라, 혼자만의 몰입이 우연히도 보편적인 읽기에 의해 침묵으로 단순화되었기 때문이다.

차가 천천히 움직여 스(史)씨 집안의 옛집에 가까워지자 아버지, 큰아버지와 삼촌은 눈을 크게 뜨고 창밖을 쳐다보며 쉴 새 없이 말했다. 우리 집안의 집들은 여기저기 늘어서 거의 골목 하나를 다 차지하고 있었다고 한다.

"여기가 여섯째 삼촌 집이지!"

"여기는 둘째 고모 집!"

"여기는 일곱째 할아버지와 할머니 집!"

"저쪽은?"

"아! 거긴 다섯째 외삼촌이 한때 살았던 곳!"

혹시 무엇을 놀라게 할까 두려운 듯 짧고 낮은 속삭임이었다. 집들이 늘어서 있는 골목은 생기라고는 전혀 없이 죽음 같은 적막감만 감돌았다.

마침내 차가 우리 집 대문 앞에 멈췄다.

하지만 아무도 내리지 않고, 차 안에서 낡은 대문과 대문 양쪽에 있는 돌장식과 바람에 움직이는 처마 위 마른 풀과 용마루 위로 드러난 나뭇가지의 끝 부분을 바라보았다.

큰아버지가 먼저 들어가지 않겠다고 말했다.

"나는 여기서 이렇게 보는 것으로 충분하다."

아버지도 말했다.

"나도 그래요. 이제 봤으니 가죠!"

"이렇게 먼 길을 와서는 처마 위 마른 풀만 보고 간다고요?"

내가 말했다.

"여기 지금 누가 사는지 알고 있니?"

큰아버지가 물었다.

"누가 살든 무슨 상관이에요?"

"우리가 들어가면 사람들이 어떻게 생각하겠니? 왜 왔냐고 물으면 뭐라고 대답하려고?"

"후한산(胡汉三)[13]이 또 왔다고 하죠 뭐!"

다들 웃음을 터뜨렸지만, 웃음소리조차 신중하고 조심스러웠다.

큰아버지와 아버지는 차에 남겠다고 고집을 피워 결국 삼촌이 내 휠체어를 밀고 대문 안으로 들어섰다. 마당에는 아무도 없었고, 방문도 모두 굳게 잠겨 있었다. 대추나무 두 그루는 아직 싹이 돋지 않은 마른 가지가 처마에 부딪히며 소리를 냈다. 삼촌은 안방 옆에 붙은 작은 방을 가리키며 말했다.

"네 아빠와 엄마가 저 방에서 혼례를 치렀단다."

"삼촌도 봤어요?"

"그럼 봤지! 그날 우리 집 사람들이 네 엄마를 데리러 갔는데 나도 따라갔지. 그때가 열서너 살이었나. 네 엄마가 꽃가마에 타고 나는 그 뒤에서 뛰었어. 뛰어서 집까지 왔지…….."

그 낡고 작은 방을 유심히 살펴보며 생각했다. 어쩌면 나는 저곳에서 인간세상으로 들어왔을지도 모르겠다.

그 집에서 나오니 아버지와 큰아버지가 골목을 걸으며 이집 저집 기웃거리고 있었다. 집 안쪽을 바라보며 긴장하는 듯도 했고, 기대를 품고 있는 것도 같았다. 거리에는 아무도 없었고 주변은 이상하리만치 고요했다.

"돌아갈까?"

"돌아가죠!"

말은 그렇게 하면서도 다들 이곳저곳을 살펴보느라 바빴다.

"조금 더 있다 갈까요?"

"아니. 가자!"

그때 골목 저편에서 천천히 이쪽으로 걸어오는 사람이 보였다. 아버지 일행은 길가로 나와 그를 지켜보았다. 그가 이쪽으로 점점 가까워지고, 바로 앞으로 지나가고, 점점 멀어져갔다. 모르는 사람이다. 그 사람도 아버지 일행을 모르는 것 같았다. 젊은 사람이니 어쩌면 그의 아버지나 할아버지가 알 수 있을지도 모르겠다.

바람이 불어왔다. 처마 위의 마른 풀이 흔들렸고, 처마 아래 세 사람의 하얀 머리카락이 흩날렸다. 저 멀리 가던 남자는 고개를 돌리더니 이쪽을 쳐다보았다. 아마 이렇게 생각했을 것이다.

'저 노인들은 저기서 대체 뭘 하고 있는 거지?'

Z시를 떠날 때 아버지와 큰아버지는 뭐라 설명할 수 없는 묘한 느

낌으로 한숨을 내쉬었다. 그들에게 이곳은 그립지만 또 만나기 두려운 여인 같은 존재였다.

아아, Z시! 이렇게 고향이란 이런 그리움과 이런 두려움뿐인 것인가?

차가 쥐마강을 따라 움직이자 분위기가 조금은 가벼워졌다.

"이 강을 따라 계속 가면 네 외가에 닿는다."

아버지에 말에 삼촌도 말을 이었다.

"이 강은 네 할머니 본가에도 닿지."

"네 할머니는 사람들이 학교에 다니고 공부하는 걸 평생 부러워했지. 할머니 고집이 아니었으면 우리가 대학에 갈 수나 있었겠어?"

큰아버지가 한숨을 쉬며 말했다.

그 말에 다들 고개를 끄덕이곤 다시 침묵에 빠졌다. 마치 이 고향 집에 대해서는 영원히 침묵해야 한다는 것처럼.

내가 어렸을 때 할머니는 매일 밤 불빛 아래서 문맹퇴치를 위한 교과서를 읽었는데 자주 틀리게 읽었다는 내용을 내 글 〈할머니의 별〉에 쓰기도 했다. 어머니는 시대를 잘 만나 학교에 가고 타지로 나가 일할 수 있었다며 늘 부러워하시던 할머니 모습도 기억한다.

쥐마강은 햇빛 아래 반짝반짝 빛을 내며 흘렀다. 아버지와 큰아버지는 이 강이 전에는 훨씬 더 넓고, 수심도 훨씬 더 깊고, 물결도 세찼다고 했다. 또 전에는 이 일대 평야가 대부분 이 강에 의존해 살았다고도 했다. 강물이 얕은 곳에서 손만 넣으면 언제든 커다란 잉어를 만질 수 있었고, 강에는 새우, 게, 연뿌리, 가시연밥이 넘쳐났고 사람 키만큼 무성하고 빽빽하게 자란 갈대 때문에 바람도 통하지 않을 정도였다고 한다.

어머니의 고향집은 Z시 시외에 있는 장춘張村에 있었다. 제법 큰 마을이라 차를 타고 마을을 동서로 가로질러 가는 데 15분 정도 걸렸다. 쥐마강은 마을 끝에서부터 흐르고 있었는데 우리는 돌다리 근처에 차를 세웠다. 이 풍경을 보니 어렸을 때 읽은 책 구절이 떠올랐다.

'쥐마강은 산자락에 기대 구불구불 마을을 감싸며 흘러가고 있다……'

아버지가 말했다.

"바로 이 다리다!"

다리 위로 걸어 올라가자 아버지가 또 말씀하셨다.

"봐라! 저기가 네 엄마가 결혼 전에 살았던 집이다!"

높은 비탈 위에 낡고 오래된 기와집이 서 있고, 황토로 대충 지은 낮은 담장이 둘러싸고 있었다. 석양 아래 그 모습은 적막했고 쇠락한 느낌마저 들었다. 아버지 말이 그 낮은 담장은 예전에는 없었다고 한다. 전에는 푸른 벽돌로 만든 담장이 둘러싸고, 아름다운 문루門樓가 있었단다. 대문 앞에 있던 회화나무 두 그루, 어머니는 늘 그 나무 아래서 책을 읽었다고 했다.

이번에는 우리 모두 그 집 안으로 들어갔다. 마당 안에 장작과 건초, 나무판자와 벽돌이 가득 쌓여 있는 걸로 봐서 이 낡은 집은 새로 단장 중인 것 같았다. 주인은 없었고, 닭들만 꼬꼬꼬 울어댔다.

"바로 이 집이다. 네 아빠가 이곳에서 네 엄마를 데려갔지."

삼촌이 말했다.

"정말이요?"

"아버지한테 물어보렴!"

아버지는 내 시선을 피하며 아무 말도 하지 않았고, 붉게 달아오른 얼굴로 그곳을 벗어났다. 나는 더 물을 수 없었다. 아직도 잊을 수 없는 아픔 때문임을 알고 있었다.

어머니가 세상을 떠나고 10년이 지난 어느 청명절에 나와 동생은 아버지와 함께 어머니가 묻힌 곳으로 성묘를 갔다. 하지만 어머니 무덤은 이미 사라져버렸고, 그때 아버지의 표정이 꼭 지금 같았다. 붉게 달아오른 얼굴로 한 마디 말도 없이 이쪽저쪽 미친 듯이 달리며 단풍나무를 찾아 온 산을 헤맸다. 그 단풍나무 옆에 어머니를 묻었었다. 어머니는 정말 급작스럽게 세상을 떠났다. 겨우 마흔아홉 살이었다. 그때 우리 셋은 갑자기 닥친 불행에 완전히 정신을 놓았고, 이후 10여 년 동안 모두 어머니의 '어' 자도 입에 올리지 못했다. 말할 수 없었고, 생각도 할 수 없었고, 어머니의 사진조차 볼 엄두도 내지 못했다.

10년이 지난 그 청명절에, 우리는 약속도 하지 않았는데 똑같이 어머니 무덤에 가보자는 말을 꺼냈다. 아무도 약속하지 않았지만 똑같이…… 누구도 어머니를 잊지 않았다. 우리 모두 잠시도 어머니를 잊은 적이 없었다…….

어머니가 결혼 전에 지내던 그 작은 방을 보자 갑자기 질문이 떠올랐다. 그때 나는 어디 있었을까? 그때 이미 40여 년 후 그녀의 아들이 와서 이곳을 보고, 어머니의 결혼 장면을 상상하도록 운명으로 정해진 것은 아니었을까?

1948년, 열아홉 살 어머니의 미래는 그때 이미 쓰여 있었다. 마흔여섯 살의 내 자리에서 보니 어머니의 일생은 그때 축하의 나팔소리와 함께 한 글자 한 글자 쓰였고, 절대 고칠 수 없게 되었다. 그 나팔소리는 시간을 따라서, 햇빛과 계절을 따라 온갖 풍파와 고난을 겪으며 오늘에 전해졌고, 이제야 그 애잔하고 처량한 소리를 듣게 되었다.

하지만 열아홉 어머니는 무엇을 들었을까? 열아홉 신부는 어떤 꿈을 품었을까? 이 마당을 벗어날 때 역사는 그녀와 어떤 상관이 있었을까? 혼례복 치맛자락을 잡고 이 집 대문을 나서면서 이 마당을 다시 한 번 둘러보았을까? 조심스럽게 혹은 다급하게 이 작은 방을 벗어나 이 복도를 지나 이 담 모퉁이를 돌아서 이 문턱을 넘은 다음, 멈쳐서 고개를 들고 저 멀리 무엇을 보았을까?

아! 쥐마강! 쥐마강변의 초록빛 버드나무는 연기처럼 안개처럼 바람에 흩날리고, 미래는 그 아득하고 망망함 속에 몸을 숨기고 있었다. 나는 어머니가 출가하던 길을 따라 마당을 나와 강가를 향해 걸었다. 쥐마강은 인생의 희비에도 놀라지 않고 흐르고 있다. 40여 년 전에도 분명 이처럼 물결을 일으키며 평화롭고 당당하게 흘렀을 것이다.

강가에 앉아서 어머니를 생각했다. 어머니는 이곳에서 놀았고, 이곳에서 성장했다. 어쩌면 저 나무 위에 올라갔을지도 모르고, 저 강가에서 물놀이를 했을 테고, 이 풀밭에 누워 미래를 상상했을 것이다. 그리고 이곳을 떠나 시끌벅적한 베이징으로 들어갔고, 뭐라 말할 수 없는 역사 속으로 걸어 들어갔다.

나는 휠체어를 밀며 강가를 천천히 돌아보며 생각했다. 회화나무 아래서 책을 읽던 소녀에서부터 그녀의 아들이 이 낡고 무너진 집을 보러 오기까지, 그 중간에 얼마나 많은 일들이 있었는지를.

끝이 보이지 않는 강을 보며 생각했다. 어머니가 탄 가마는 이 강을 따라 움직였을 것이다. 종소리는 점점 멀어지고, 나팔소리는 어머니와 이 길을 함께했을 것이다. 그 길고 긴 시간 동안 어머니는 어떤 심정이었을까? 한 사람이 나고 자란 땅을 떠나고, 어린 시절과 소녀 시절의 꿈을 떠날 때는 아마 다들 비슷할 것이다. 내가 생산대로 떠

날 때와 마찬가지였을 것이다. 다른 것은 전혀 신경 쓰지 못하고 오로지 앞에 펼쳐진 새롭고 신비한 길에 마음을 뺏기고, 그 새롭고 신비한 길에 행복과 낭만을 그려본다.

요즘 들어 자주 어머니가 겪었을 감정의 여정을 가늠해본다. 아버지는 순박하고 성실한 사람이지만 낭만과는 거리가 멀었고, 어머니는 천성이 다정다감하고 감정이 풍부했다. 어머니는 다른 상상은 해보지 않았을까? 그 초록 버드나무가 안개처럼 아른거리는 강가에서 처음 걸어온 사람이 혹시 아버지였을까? 안개가 아득한 강가에서 가지 않겠다고 고집을 피우며 마지막까지 있던 남자가 아버지였을까? 길게 울려 퍼지는 나팔소리와 더불어 강 저편에 서서 어머니의 가마가 사라질 때까지 바라보던 남자는 없었을까? 그리고 그 후 인생에서 어머니는 자신의 사랑에 만족했을까?

내가 아는 것은, 어머니는 낭만이라곤 전혀 없는 무뚝뚝함에 아쉬워했지만 성실하고 듬직해서 평생 아버지를 믿고 의지했다는 사실이다.

어머니가 세상을 떠날 때, 나는 휠체어에 앉은 채 앞으로 살아갈 작은 길조차 가늠하지 못했고, 여동생은 겨우 열세 살이어서 아버지 혼자 이 가정을 짊어져야 했다. 이 20여 년 동안 어머니는 하늘에서 다 지켜보셨을 것이다. 20년 후 모든 것이 다 안정된 어느 겨울밤, 아버지는 우리를 떠났다. 마치 어머니의 당부를 다 완성하고, 주어진 고통과 노력과 고단함과 외로움을 다 겪어내고 급하게 어머니를 찾으러 떠나신 듯했다. 이 세상에 무덤 하나 남겨두지 않은 어머니를 찾아 서둘러서.

고향, Z시, 장촌, 쥐마강…… 전설 또는 꿈속 같은 이곳이 생각하게 만든다. 저 강가에 제일 먼저 걸어오는 남자, 혹은 이 강가를 떠나지 않고 마지막까지 남은 남자 모두 내 아버지가 아니다. 만약 강 저편에 서서 어머니가 탄 가마가 사라질 때까지 바라보던 남자가 나의 아버지가 되었다면, 나는 여전히 나일까? 물론 나는 나겠지만 또 다른 나일 것이다. 이렇게 보면 나의 유래는 너무 우연한 것이 아닐까? 그 누구의 근원도 다 이렇게 우연한 것이 아닐까? 모두 다 우연이라면 또 우연이라고 말할 것이 무엇이 있을까? 나는 필연적으로 나다. 모든 사람도 필연적으로 그 자신이다. 사람들 모두 다 마찬가지다.

고향의 유구한 역사 속에 한 점을 취해 단서를 잡아 시작으로 삼는다. 이 시작은 끊임없이 이어지는 나팔소리 같다. 어머니처럼 부침과 고난을 피할 수 없겠지만 아버지처럼 고생하면서도 책임을 반드시 완수해야 한다. 이것이 바로 운명이 우리에게 받아들이길 명한 그리움과 두려움일 것이다.

## 사찰에 대한 회상

과거 베이징에는 도심 안의 모든 후통마다 크든 적든 사찰이 있었다고 들었다. 어쩌면 조금 과장된 면이 있을지도 모르겠다. 하지만 가만히 생각해보면, 내가 살았거나 잘 아는 후통에는 정말로 사찰이 있든지, 적어도 사찰의 자취나 흔적이 있었다.

내가 태어났던 그 후통 안, 우리 집 대문과 대각선으로 마주보던 그곳에도 작은 사찰이 있었다. 내가 그 존재를 인식할 수 있었을 때는 이미 기름집이 되어버렸지만.

사찰의 문과 마당은 거의 그대로였고, 그곳에 살던 승려들만 떠났다. 마차에는 언제나 땅콩과 깨가 담긴 커다란 마대가 실려 있었고, 마당에서는 하루 종일 그것을 가는 소리가 들렸고, 코를 자극하는 향긋한 기름 냄새가 마당 가득 배어 있었다.

커다란 연자방아를 돌리는 당나귀들이 있었고, 나귀들은 문 앞 공터에서 쉬다가 부르르 떨거나 갑자기 울부짖기도 했다.

그 후통에서 동쪽으로 계속 가다 보면 나오는 다른 후통에 좀 큰 사찰이 있었는데 그곳에는 여전히 향불이 켜져 있었다. 무슨 묘廟였는지 암庵이었는지 이름은 가물가물하지만 할머니가 그곳에 남자는 없다고 했던 말은 정확히 기억한다.

할머니는 어린 나를 자주 그곳에 데려갔다. 사찰의 뜰은 아주 넓었고, 소나무와 잣나무가 가득했다. 여름의 저녁 무렵, 아무리 더워도 사찰에만 들어가면 바로 시원한 청량감을 느낄 수 있었다. 나와 할머니는 사찰 본당의 돌계단 위에 앉아 초저녁의 시원한 바람을 즐기며 달을 보고 별들이 하나 둘 반짝이기 시작하는 것을 지켜보았다.

비구니들은 속세의 사람들을 몰아내지 않았고, 입장료도 받지 않았다. 우리를 보면 그저 고개를 숙이고 미소를 짓고는, 어디로 가는지 모르지만 조용히 각자 갈 곳으로 향했다. 살며시 밤바람이 불면 바람 속에 소나무와 잣나무의 은은한 향기가 배어 있는 듯도 했다.

사찰 본당 안에서는 늘 각종 법사法事가 있었다.

종과 북소리, 바라소리, 목어소리…… 그 소리는 사람을 주저하게 만든다. 독경소리는 가사 없는 노래의 반주소리 같았다. 마치 어두운 밤에 근심 어린 한탄 같기도 했고, 뜨거운 햇빛에 달궈진 땅이 밤이 되면서 촉촉이 젖으면서 은은하게 피어 올리는 안개 같기도 했다.

할머니는 꼼짝 않고 듣고 있으면서 나보고는 가서 한 번 보라고 하셨다. 나는 머뭇거리며 문 앞 가까이 다가가서 벌어진 틈으로 안을 한 번 들여다보고는 금방 도망쳤다.

그 잠깐의 인상은 너무나 강렬했다. 지금 생각해보면 사람의 마음속 깊은 곳에는 그 어떤 소리, 빛, 자태 심지어 온도와 분위기에도 다 호응하고 공명할 수 있는 무언가가 원래부터 있는 것 같다. 그래서 아주 많은 일들을 이해할 수는 없지만 느낄 수 있고, 정확히 말할 수는 없지만 영원히 기억하게 되는 것이다. 그것이 아마도 형식의 힘이 아닐까 한다.

분위기와 정서는 한꺼번에 기습해온다. 그것은 말을 넘어서고, 말이 도달할 수 없는 영역까지 들어간다. 그래서 겨우 대여섯 살 먹은 아이도 그냥 눈으로 슬쩍 보는 것이 아니라, 본능적으로 주시하게 된다.

나는 할머니 곁으로 도망쳐왔다. 본능적으로 그곳은 이곳과 다른 곳 혹은 다른 곳으로 통하는 곳임을 알 수 있었다. 예를 들면 나무 숲 속을 흐르는 안개처럼 머물지 않고 떠도는 혼 같았달까. 그 소리에 완전히 몰입해 있던 할머니는 내가 흔드는 데도 전혀 느끼지 못했다. 할머니는 그 소리와 독경에서 삶과 생명을 회상하며 다른 곳을 바라보았을 것이다. 당시의 나는 회상도 할 수 없고, 바라볼 수도 없는 나이였다. 막 이곳에 온 생명에게 그 다른 곳은 무겁고 두려운 위협이다. 두려웠던 나는 할머니의 품속으로 파고들었고, 볼 생각도 못했고, 들을 생각도, 생각할 생각도 하지 못했다. 무언가 어두운 분위기가 가득한 것 같았고, 달빛도 더불어 차갑고 어두워진 것 같았다.

그때 아이는 겁이 많고 고집이 세고 우매했다. 아마도 그것이 그가 이 인간 세상에 오려 했던 이유일 것이다.


초등학교에 입학한 그해, 우리 집은 이사를 했다.

그 일대의 거리를 다 정리하면서 인민공사人民公社[1]가 설립되었기 때문이다. 공사 기관이 우리가 살던 집과 이웃의 두 집을 마음에 들어 해서, 그들이 들어오고 우리가 나가야 했다. 그때 그 이사는 아주 순식간에 결정되고 이뤄졌던 것으로 기억한다. 오전에 통지를 받고 오후에 집을 비웠으니. 그 동네 간부가 각 집에 전화를 해서 주요 노동력들은 회사에서 집으로 돌아오라고 했다. 점심부터 시작된 이사는 한밤이 돼서야 끝이 났다.

이 이사에 나는 흥분했다. 그날 이사하는 아이들은 모두 신이 났고, 흥분했다. 학교를 안 가도 되기 때문이었다. 그 다음 날과 그 다음 다음 날도 그랬다. 그리고 다 같이 이사를 했으니, 이사하고 나서도 여전히 함께 살 수 있었다.

우리는 물건을 운반하는 트럭 뒤에 앉아 새집으로 갔다. 뭔가 놀라운 일이 일어나고 신기한 것들이 기다리고 있을 것 같았다. 하지만 가는 길이 너무 짧아서 새로운 곳으로 이사했다는 느낌은 전혀 경험할 수 없었다. 그런데 집에 도착하자 옅은 실망감은 순식간에 사라졌다. 우리는 마당으로 들어가 바람이 불어닥치듯 모든 방을 순식간에 다 살펴보며, 주인의 신분으로 그 집의 상황을 받아들이고 이해했다.

앞으로 살아갈 미래의 관점에서 보면 우리가 원래 살던 곳보다 훨씬 못한 집이었다. 하지만 중요한 것은 새로움이다. 새로움과 아이들은 필연적으로 이어져 있고, 그 어디에서도 언제나 추앙받는다. 때문에 전에 살던 곳보다 마당이 작거나 방이 낡았다는 사실 따위는 전혀 눈에 뜨이지 않았다. 우리는 바로 복잡하게 늘어놓은 가구 사이에서 술래잡기를 하고 미친 듯이 뛰어놀았다. 마당에 있는 나무 위를 올라가 뛰어내렸고, 뛰어내리다 바쁜 어른들과 부딪히고 또 기어올라갔다. 새로 발견한 모든 것에 흥분했다. 그리고 나중에야 사실 별거 없다는 것을 알게 된다.

그리고 마지막에 다들 한구석에 모여서 잠을 잤다. 어른들은 번거롭지 않아 좋았고, 아이들은 깨워도 일어나지 않았다.

그때 마침 다른 도시에 출장 중이던 어머니에게는 미처 알릴 시간도 없었다. 며칠 뒤 집에 돌아온 어머니는 집이 인민공사로 변한 광경에 그대로 문 앞에서 한참을 서 있었다. 나중에 누군가 와서 설명했는데 대충 뜻은 이러했다.

'걱정 말고 안심해라. 이사 간 이들은 모두 좋은 동지들이다. 여기 살든 살지 않든, 똑같이 혁명에 필요하다.'


새로 이사 간 집은 관인쓰(观音寺) 후통에 있었다.

이름에도 알 수 있듯이 이곳에도 사찰이 있었다. 결코 작은 절은 아니지만 벌써 낡고 부서졌고, 돌보는 이를 잃은 지 오래된 곳이었다. 절 문은 온데간데없이 사라졌고, 뜰에는 넝쿨로 뒤덮인 오래된 나무와 사람이 숨어도 좋을 만큼 자란 잡초만 무성했다.

다른 건물들은 텅텅 비어 있고, 본당 안에는 색이 다 벗겨진 불상 몇 개와 그 양옆으로 호법천신護法天神이 대접만 한 눈을 부릅뜨고 서 있었지만 그들의 손에는 아무것도 없었다. 그들이 들고 있던 병기는 이미 오래전에 누군가에 의해 버려져 바닥에 뒹굴었다. 나와 또래 아이들 몇 명은 그 병기를 주워들고 휘두르며 죽이네 살리네 뛰어다니며 사찰 본당에서 속세의 전쟁을 흉내 내며 놀았다. 이미 부서진 불상을 내리치기도 하고, 무성한 잡초를 향해 돌격하고 사방팔방으로 뛰어다녔다. 돈키호테처럼 흥분해서 놀다가, 외로운 늙은 나무에게 좋은 거름을 주고 엉덩이를 닦은 종이를 담 벽에 붙여놓기도 했다. 신성을 모독하는 온갖 나쁜 짓을 다한 뒤에, 새들처럼 저녁노을을 등지고 집으로 돌아왔다.

아주 오랫동안 그곳은 우리의 낙원이었다. 방과 후에는 집에 가지 않고 그곳으로 가서 놀았다. 거기에는 끝없는 비밀들로 가득했다. 우거진 잡초 안에는 죽은 고양이가 있었고, 늙은 나무 위에는 새집이 있었고, 어두컴컴한 본당 서까래 위에는 뱀과 족제비가 살고 있다고 들었지만 한 번도 보지는 못했다.

때로는 책 한 권 때문에 이곳에 모이기도 했다. 빌릴 수 있는 시간이 짧다보니 한 명씩 볼 시간이 없어서 다 같이 절 안에 모여서 읽었다. 한 명이 책을 높이 들고 있으면 주위를 둘러싸고 앉아, 다 읽었다고 끄덕이면 다음 장으로 넘겼다. 조금이라도 늦게 읽은 아이가 있으면 다들 바보라고 욕을 해댔다. 사실 그때 다들 알고 있는 글자래야 몇 개 안 됐다. 그때 우리는 글자를 읽는 것이 아니라 그림을 보았다. 그림을 보는 것으로도 바보와 바보가 아닌 것으로 나눌 수 있었다. 때로는 숙제를 베끼기 위해서 오기도 했다. 몇몇 바보들은 늘 숙제를 하지 못해 다른 아이들 것을 베꼈는데, 선생님이나 부모님이 절대 올 리 없는 사찰 안은 안전했다.

부처님? 상관없었다. 마음속에 불심이 없으니 무엇이든 할 수 있었다. 숙제를 베끼는 아이는 부처님 눈 아래에 엎드려 엉덩이를 치켜들고 다급하게 베꼈고, 숙제를 빌려주는 아이는 이 기회에 우월감을 느껴보려고 뽐내는 듯 한 마디 했다.

"시간이 별로 없으니까 빨리 베끼라고!"

그러고는 일부러 유난히 기분 좋은 표정으로 한가하게 메뚜기나 잠자리를 잡으러 다니거나, 큰 소리로 구슬치기나 딱지치기를 했다. 베껴 쓰는 아이는 마음이 급해져 땀을 뻘뻘 흘렸고, 치켜든 엉덩이를 박자를 타며 움직이며 중얼거리다가 가끔 고개를 돌리고 소리쳤다.

"잠깐만 기다려!"

사실 우리 모두 알고 있었다. 그 아이도 우리도 기다릴 수 없다는 것을.

한 번은 담력 테스트를 했다.

"밤에 거기 절에 갈 수 있는 사람이 있을까?"

"거기 뭐가 있다고!"

"뭐가 있냐고? 귀신이 있지? 너 갈 수 있어?"

"웃기네! 나는 벌써 가봤다고!"

"거짓말!"

"흥! 못 믿겠으면…… 오늘 밤에 가자!"

"가면 가는 거지, 그까짓 게 뭐 그리 대수라고?!"

"좋아! 못 가는 녀석은 우리 손자다! 좋아?"

"좋아! 몇 시?"

"아홉 시!"

"그런데 엄마가 못 나가게 할까 그게 걱정인데."

"야! 자신 없으면 그냥 자신 없다고 해!"

"그게 아니야! 좋아. 아홉 시!"

그날 밤 우리는 정말 그 절에 갔다. 손전등을 들고 온 녀석도 있었고, 무기랍시고 과일칼을 들고 온 녀석도 있었다.

우리가 절 안으로 들어갔을 때는 하늘에 별들이 가득했다. 그런데 갑자기 구름이 몰려오고 바람이 불기 시작했다. 우리는 본당 옆 건물 계단 앞에 한데 모여 웅크리고 앉아 움직이지도, 소리도 내지 못했다. 바람이 불자 잡초들이 흔들렸고, 나뭇가지가 쏴쏴 소리를 냈고, 달은 구름 사이에서 폴짝 폴짝 뛰어가듯 움직였다.

오줌 마렵다고 집에 가자는 말에, 다른 누군가 오줌이 마려우면 아무데나 누라고 했다. 다른 것은 안 무서운 데 비가 올까 무섭다고 하자, 비는 무섭지 않은데 비가 오면 엄마가 걱정할까 무섭다고 했다. 비가 오면 뱀이 나올 거라고 하더니, 뭐가 또 나올지 모른다고도 했다. 오줌 마렵다고 한 녀석은 벌벌 떨기 시작하더니, 오줌뿐 아니라 똥도 마려운 데 닦을 종이를 안 갖고 왔다고 했다. 그러자 하나둘 너나 할 것 없이 오줌이 마렵다고들 하기 시작했다. 누군가 오줌 참으면 병이 생긴다고, 어떤 사람이 매번 오줌을 참다가 곱사등이가 되었다고 말하자 다들 깜짝 놀라 말했다.

"정말? 그럼 집에 돌아가 화장실에 가는 게 좋겠다."

그런데 그 다음 날, 제일 먼저 화장실 가고 싶다고 한 아이는 유일하게 화장실 얘기를 꺼낸 아이가 되어 모든 이의 원망을 받아야만 했다. 다들 그 녀석만 아니었으면 그곳에 오래 있었을 테고 어쩌면 뱀을 만져보고, 귀신도 볼 수 있었을 거라고 했다.

어느 날, 그 절 마당에 갑자기 짙은 빨간색 가루가 나타났다. 마당 구석구석 작은 산처럼 쌓인 그 빨간색 가루는 뭔지도 또 어디에 쓰는지도 알 수 없었다. 마른 가루라 가벼워서 발로 툭 치면 푸~하고 멀리 퍼졌고, 신발에 묻은 가루는 아무리 빨아도 없어지지 않았다. 다시 며칠 후, 사람들이 오더니 그 빨간색 가루를 갖고 하루 종일 씨름을 했고 이윽고 그 절의 모든 것이 붉게 변했다. 절 담장과 계단은 물론 잡초와 나무까지도 모두 빨간색으로 변해버렸다. 그 빨간색 가루

는 바람을 타고 날아갔고, 물을 따라 흘러가더니 골목의 반 이상이
또 온통 붉은 색으로 변해버렸다. 그리고 그 절 문 앞에는 간판이 하
나 내걸렸다.

'유색금속가공공장'

그날 이후, 우리가 놀던 곳은 사라졌다. 뱀과 귀신은 어디로 갔는
지 알 수 없었다. 키만큼 자란 잡초는 깨끗하게 베였고, 나무도 쓰러
지더니 그 어두운 빨간색만이 점점 더 커졌다. 다시 얼마 후 절의 본
당도 철거되고, 담장도 철거되더니 커다란 공장이 세워졌다. 후통의
이름도 바뀌었고, 그 이후에 태어난 이들에게 처음부터 절은 없던 곳
이 되었다.


내 초등학교는 원래 절이었다. 정확히 말하면 아주 큰 사찰의 일부
분이었다. 그 사찰 이름은 백림사柏林寺. 이름처럼 안에는 양팔로 감
싸도 안을 수 없는 굵은 측백나무가 가득했다. 바람이 세게 부는 날
이면 측백나무 가지가 바람에 흔들리면서 내는 농밀하고 깊고 무거
운 소리가 파도처럼 일렁이며 온 교정에 울려 퍼진다. 그 소리가 교
실로 퍼져 들어오면 시끄럽게 떠들던 아이들도 저도 모르게 조용해
지고, 크고 낭랑하던 책 읽는 소리도 낮게 가라앉았다. 시끄럽게 땡
그랑대던 수업 시작종과 마치는 종도 은은하게 울려 퍼지게 만드는
것 같았다.

종 치는 할아버지는 이 절에서 지내던 스님이었다고 했다. 사찰이 학교가 되자 환속해서 교문을 지키면서 겸직으로 수업 종을 친다. 정말 친절하고 다정한 분이었다. 아이들이 버릇없이 할아버지의 딸기 코를 만지거나 빡빡 민머리를 만져도 화를 내거나 싫어하지 않았다. 기분 나빠 보이는 아이가 있으면 먼저 다가가 머리를 숙이며 말을 건네기도 한다.

"만지고 싶지 않으냐?"

그래서 아이들 모두 할아버지가 일하는 경비실에 가서 놀고 싶어했다. 하도 많이 몰려가는 바람에 공기도 통하지 않아 숨쉬기 어려운 공간에서도 그저 쓸데없는 이야기를 하며 웃고 떠들었다. 수업이 시작하거나 끝나는 시간이면 할아버지는 빠르지도 느리지도 않게 복도를 걸으며 종을 흔들었다. 곁눈질 한 번 하지 않고 앞을 바라보며 똑같은 자세로 걸으며 진지하게 종을 흔들었다.

댕댕댕 댕댕댕……

종소리가 바람 속을 떠돌며 온 교정에 울려 퍼지면서, 햇빛 속으로 천천히 퍼져나가, 아이들의 마음속에 지워지지 않을 기억을 남겨주었다.

수업이 시작할 때는 긴장감 있게 흔들었고, 수업이 끝날 때는 시원하게 흔들었다. 긴장감 넘치던 시원하던 그 종소리는 나중에 바뀐 전자종소리보다 훨씬 더 느낌 있고, 낭만적이고, 다정했다. 그 소리는 우리의 두려움과 바람을 알고 있는 듯했다.

어느 날 종소리가 갑자기 사라졌고 종을 흔들던 할아버지도 안 보였다. 할아버지가 고향집으로 내려갔다는 얘기가 들렸다. 갑자기 왜 그렇게 되었을까? 누가 그러는데, 할아버지는 여전히 몰래 향을 사르고 불경을 읽었다고 한다. 하지만 새로운 시대는 무신론의 시대여야 했다.[15]

얼마 후 아이들이 다시 학교 교문으로 들어갔을 때, 창가에 놓인 종이 보였다. 물건은 그대로 있었지만 사람은 없어졌다. 경비실 안에는 엄격한 노부인이 단정하게 앉아 있었다. 그녀는 아이들이 자신의 공간에 들어와서 시끄럽게 구는 것을 용납하지 않았다.

수업이 시작할 때와 끝날 때 그녀는 그저 벨을 가볍게 한 번 누른다. 그러면 전자벨이 삐삐 하고 울어댄다. 처음엔 영문도 모른 채 다짜고짜 나오는 소리에 온 교정이 모두 까무러칠 듯 놀랐다. 잔인함에 가까운 그 소리를 들으며 아이들은 그리움을 배우고 이해하게 되었다.

전에 그 종소리는 어디로 갔을까? 유일하게 확신할 수 있는 것은 그 소리는 기억과 더불어 미래로 갔다는 것이다. 종소리는 그렇게 오랜 시간을 떠돌았고 나는 꿈속에서 그 소리를 자주 들었다. 은은하게 울려 퍼지는 종소리를 들었고, 종을 흔들며 신중히 걷던 할아버지를 보았다. 전혀 변하지 않은 할아버지의 얼굴을 보면서 나는 놀라 잠에서 깼다. 이미 미래에 묻혔기에 그 종소리는 이후에 일어날 일들을 벌써 알고 있었던 것일까?

몇 년 후, 나는 스물한 살에 생산대에서 돌아왔고 일을 찾지 못했다. 한참을 기다렸지만 여전히 일을 찾지 못해 어느 작은 가내 생산공장에 들어갔다. 다른 글에서 이미 썼듯이, 먼지가 가득 쌓인 몇 칸의 낡은 방에서 나는 7년을 일했다. 모조 고가구 위에 꽃이나 새, 곤충과 산수와 인물을 그리는 일을 했고, 매월 입에 풀칠할 만큼의 돈을 벌었다.

공장은 바로 백림사의 남쪽 벽 바깥에 있었다. 그때 백림사는 이미 베이징도서관의 서고로 개조돼 있었다. 나와 제대로 된 직업을 찾고 있던 몇몇 어린 동료들은 그 붉은 담장 아래서 일을 했다. 낡고 오래된 방 안은 어둡고 지루해서 우리는 밖으로 나와 일했다. 거리의 풍경과 지나가는 사람들의 모습을 구경하며 일하다 보면 시간이 훨씬 더 빨리 흐르는 것 같았다.

이른 아침 자전거를 타고 출근하는 이들은 뒤에 도시락을 싣고 휘파람을 부르며, 간간히 자전거 벨을 누르며 지나갔다. 그 모습만으로도 너무 부러웠다. 출근하는 이들이 빠지고 나면, 또 사람들이 하나둘씩 백림사 대문을 향해 걸어갔다. 대부분 가죽가방을 들고, 안으로 들어갈 때는 반짝이는 신분증을 내밀었지만, 경비가 보든 말든 상관없이 성큼성큼 안으로 들어갔다. 그 기세는 더욱 우리를 우러러보게 만들었다.

같이 일하는 D는 아무나 들어가 책을 빌리거나 자료를 열람할 수 없고, 교수나 간부만 가능하다고 말했다.

"진짜야!"

"헛소리!"

아무리 생각해도 아무 근거도 없이 느낌만 믿는 D의 말은 믿을 수 없었다.

D는 나보다 몇 살 어렸고, 어릴 때 소아마비를 앓아서 한쪽 다리가 다른 쪽 다리보다 3센티미터 정도 짧았다. 중학교를 졸업하고부터 바로 이곳에서 일하고 있다. 직원을 모집하는 수많은 곳들도 다들 근거나 증거보다는 감각과 느낌을 중시했고, D도 사실 뭐든지 잘했다.

우리는 아침부터 그 담장 아래 앉아 주변상황을 빠르고 세심하게 살피며 일했다. 시계도, 태양도 보지 않았어도 거의 정확히 시간을 알 수 있었다.

잡화를 실은 차가 골목 안으로 들어온다.

그 차가 "기름, 소금, 간장, 식초, 후추, 대용량 세탁가루 있어요!"라고 소리치며 들어오면 아침 아홉 시, 폐품을 사는 삼륜차가 들어오면 대략 열 시다.

칼과 가위를 갈아주는 노인은 매주 수요일에 와서, 공장 옆에 있는 작은 식당을 향해 외친다.

"가위 갈아요. 야채 칼도 갈아요!"

노인의 목소리는 정말 맑고 낭랑해서, 우리는 그 목소리를 들을 때마다 경극을 했어야 했다고 모두 안타까워했다.

오후 세 시가 되면 유치원의 아이들이 반드시 나타난다. 줄줄이 옷깃을 꼭 부여잡고 노래를 부르며 지나간다. 마치 실수로 들어와 여기를 아름답게 만들어주듯, 선명한 빛깔의 옷은 무지개처럼 반짝이다가 다시 무지개처럼 사라져버린다.

오후 네다섯 시경에는 자주 죄수호송차가 지나간다. 백림사와 멀지 않은 곳에 아주 유명한 감옥이 있다. 그곳에는 도둑들만 전문으로 수용한다고 들었다.

아버지도 어머니도 없는, 더쯔라는 열여덟 소년이 있었다. 우리 공장에서 함께 일했는데 먹성이 보통이 아니었다.

어느 날, 공장에서 뭔가 잘못해 접대를 해야 할 일이 생겼다. 접대받은 이가 돌아가고 음식이 대야 하나 정도 남았다. 평소에 먹기 힘든 고급 음식이었다. 더쯔는 맥주를 한 병 시키더니 불가에 앉아서 그 음식을 30분도 채 안 되는 사이에 바닥까지 싹싹 긁어먹었다.

그러던 어느 날 갑자기 그가 사라졌다. 공장의 아줌마 아저씨들이 사방을 다 찾아다닌 끝에 그가 도둑질을 해서 붙잡혀갔다는 사실을 알게 되었다. 그 이후로 아주 오랫동안 우리는 이 골목을 지나는 죄수호송차를 유난히 주의 깊게 살폈다. 혹시 안에 더쯔가 있을까봐 차가 앞을 지나가면 다 같이 외쳤다.

"더쯔! 더쯔!"

더쯔는 찾아가지 못한 한 달치 봉급도 남겨두고 갔다.


그때 나는 여전히 막무가내로 정식 일을 찾아야만 한다고 믿고 있었다. 온 가족이 전민소유제全民所有制(일종의 사회주의 공동소유제) 단위로 들어가야 평생 든든하게 살 수 있다고 생각했기 때문이다.

어머니는 나를 데리고 일자리를 신청하러 노동국에 갔다. 길이 매우 복잡하고 구불구불했고 정원도 아주 깊었던 것으로 기억한다. 아마 그곳 역시 전에는 절이나 사원이었을 것이다. 신청 과정은 무슨 큰 죄를 지은 이가 머리를 조아리고 사죄하는 과정 같았다.

문 안에 들어가자마자 어머니는 미소를 띠면서도 두려운 표정으로 벌벌 떨었고, 그 다음에는 보이는 누구라도 붙잡고 아들인 나를 소개했다. 휠체어에 앉아 있는 이 아이는, 그 어떤 일이라도 할 수 있고 해낼 수 있다고. 그들도 당연히 어머니 말에 입발림 동조를 했다. 어머니는 그렇게 앞마당에서 뒷마당으로, 앞 건물에서 옆 건물로 온 곳을 다 다니셨다. 그때 한창 혈기 왕성했던 나는 그들에게 듣기 좋은 말을 하지도, 고개를 조아리지도 않았다. 마침내 담당자가 나오더니 우리에게 조리 있는 답을 해주었다.

"조금만 더 기다려보세요. 저희도 노력하고 있는데 아직 알 수가 없습니다."

그 후로 나는 더 이상 그들을 찾아가지 않았다. 하지만 어머니는 그렇지 않았다. 어머니는 돌아가시기 전까지도 자주 그곳을 가셨다. 아무 말 없이 찾아갔다가 피곤한 모습으로 돌아와서는 분노한 아들에게 사과하셨다. 그럼 나는 더 이상 아무 말도 할 수 없었지만, 어머니가 또 갈 것이고, 가기 전 두 주 동안은 희망에 부풀어 계실 것도 알고 있었다.

이 이야기를 나는 〈자귀나무〉란 산문에 썼다. 내 일을 찾아주려 가던 길, 어머니는 큰 나무 아래서 미모사를 하나 캐서 집으로 돌아오셨다. 미모사인 줄 알았던 그 풀은 점점 더 자랐고, 알고 보니 자귀나무였다.


1979년 여름 어느 날, 우리는 그날도 그 절 담장 아래 앉아 점심을 먹고 있었는데, 승복을 입고 머리를 깎은 스님 둘이 걸어왔다. 한 명은 나이가 많았고, 한 명은 어렸는데 그야말로 불쑥 나타났다.

"어?"

다들 씹던 것을 멈추고 시선은 그 둘을 따라갔다. 이야기를 하며 걷는 두 사람의 얼굴은 맑고 깨끗했고 걸음걸이도 가벼웠다. 그들이 미간을 찌푸리거나 웃으니 주변의 모든 것이 넓어지더니 가짜 같은 느낌마저 들었다. 우리가 긴장한 것을 발견했는지 두 스님은 우리 앞을 지나면서 일부러 고개를 숙이며 미소를 지었다. 그때 오래전 어린 시절이 문득 떠올랐다. 그리고 여전히 그때처럼 그 둘은 천천히 멀어졌다. 그때와 마찬가지로 어딘지 모르는 곳으로 걸어갔다.

"백림사가 복구되는 거 아니야?"

"그런 말 못 들었는데?"

"그럴 리 없어. 그런 큰일을 어찌 모르겠어?"

"북쪽에 정토사로 가는 걸 거야. 거기는 벌써 복구했잖아."

"맞아. 정토사."

D가 말했다.

"며칠 전에 정토사 문에 칠을 하더라고. 난 뭐 하나 했더니만."

다들 멍하니 북쪽을 바라보며 귀를 기울였지만 별다른 소리는 들리지 않았다.

그때 갑자기 깨달았다. 절이 사라진 지 얼마나 오랜 시간이 흘렀는지를.

사라지거나 혹은 폐쇄되었고 다른 곳으로 바뀌었다. 전과 같은 곳을 바라보는데 다른 곳이 보이는 것이다.

나의 인상에서는 바로 이때부터 한 시대가 막을 내렸다.


저녁 무렵, 나는 혼자 휠체어를 밀고 그 작은 절을 찾았다. 왜 그곳을 찾아가는지 스스로도 정확히 알 수 없었다. 어쩌면 어린 시절의 그 느낌을 찾기 위해서였을까? 아무튼 갑자기 절이 생각났고, 절의 서까래와 돌계단과 처마가 떠올랐고, 달빛 아래 절 마당의 고요함과 공허함과 황량함이 그리웠다. 향을 태우는 연기가 가늘게 피어오르다가 서서히 부서지듯 사라지는 그 모습도 그리웠다. 나는 절의 그 형식이 그리웠다.

사람을 머뭇거리고 주저하게 만드는 그 소리가 간절히 그리웠다. 어쩌면 그 머뭇거림과 망설임이 마침내 더 이상 어리지 않은 내 삶에 부합되기 때문일지도 몰랐다.

하지만 사실 나는 그런 소리, 그런 음악을 좋아하지 않는다. 그 소리와 음악을 떠올려보면 여전히 나를 억압하고 두렵게 만들고 걱정하게 만든다. 하지만 이미 긴 세월을 지나왔으니 회상해야 하고 바라봐야 하고, 그 소리의 압박에서도 다른 존재를 들을 수 있어야 한다.

나는 그 소리를 좋아하지 않는다. 죽음을 삶만큼 좋아할 수 없는 것과 같다. 하지만 그 소리는 있어야만 한다. 사람의 마음에는 선천적으로 그 소리에 호응하는 감각이 숨어 있다.

호응? 어떤 호응일까? 그 소리는 우매하고 완고한 내게는 절대로 완벽한 즐거움이 될 수 없다. 오히려 부족함만을 드러내주는 소리다.

아름다운 것을 바라볼수록 자신의 추악함을 보게 된다. 끝이 없을수록 한계를 보게 된다.

신은 어디에 있을까? 나의 우매함으로는 아무리 애써도 고통도 괴로움도 없는 극락의 땅을 생각해낼 수 없다. 정말 그런 극락이 있다면, 정말로 복받은 사람들이 그곳으로 간다면, 그 다음에는?

나는 늘 이런 생각을 한다.

마음이 죽은 물 같다면 무슨 바람이 있을까? 그런 마음으로는 어디를 가더라도 결국은 완벽할 수 없다. 추하고 약한 인간과 완벽한 신 사이가 바로 신자의 영원한 길이다.

이렇게 나는 듣는다. 그 머뭇거리고 주저하는 소리는 한 가지를 일깨워준다.

차안此岸[16]은 영원히 부족하고 결핍되어야 한다. 그렇지 않다면 피안은 무너지고 말 테니.

이것이 아마도 불교에서 말하는 자비慈悲의 그 비悲가 아닐까?

자慈는? 이 끝없이 이어지는 길에서 걸으며 떠오르는 모든 생각일 것이다.


절이 없는 시대가 끝났다. 바로 이어서 또 다른 시대가 허겁지겁 왔다.

베이징 안팎의 유명한 사찰과 사원들은 줄지어 복구되기 시작했고 다시 개방되었다. 하지만 그런 곳은 공원으로 변하기 시작해, 사람들은 그곳에 가서 놀고 구경을 했다. 때문에 입장료를 받았고 입장료는 비쌌다. 향은 다시 피어올랐지만 전과는 달라졌다.

사람들은 한 뭉치의 향을 사서 통째로 향로에 꽂았다. 은은한 향불이 아니라 불길이 치솟았고, 연기로 온 하늘을 하얗게 뒤덮었다. 사람들은 진심을 다해 꿇어앉아 승진을 기도했고, 복과 장수를 기도했고, 재난을 피하게 해달라 기도했고, 돈을 벌게 해달라 기도했다. 그런 현생이 어렵다면 내세를 원했다. 어쨌든 부처 앞에서 모든 것이 잘되게 해달라고 자신에게만 전폭적인 우대를 요구했다.

절은 오랫동안 사라졌다. 그리고 다시 돌아오니 이제는 극도로 현실적인 곳이 되었다. 이곳에서 주저하고 머뭇거릴 일은 없어졌다.


1996년 봄, 나는 아홉 시간 동안 비행기를 타고 지구 반대편의 아름다운 도시로 갔다.

저녁 무렵 회의가 끝나고 나와 아내는 거리를 걷다가, 종소리에 이끌려 작은 예배당으로 들어갔다. 그 도시에는 예배당이 아주 많아서 맑게 빛나는 햇살 아래 울려 퍼지는 종소리를 들을 수 있었다. 그 종소리에 어린 시절 우리 집 근처에 있던 교회를 떠올렸다.

나는 그 교회 마당에 서 있었는데 아무리 많아야 두 살이었다. 아무 생각 없이 눈을 떴는데, 한 번도 본 적 없는 외부 세계가 보이기도 전에 먼저 그 소리를 들었다. 소리는 맑고 깨끗했고 은은했고 깊었다. 마치 하늘에서 들려오는 것 같았다.

지금 이 종소리가 그때 그 종소리일까?

물론 나도 안다. 그 둘 사이에는 8000킬로미터와 40년이 넘는 시간이 있음을.

우리는 그 예배당 안으로 들어가 사진을 찍고 웃으며 이야기를 했다. 여기저기 둘러보며 전혀 개의치 않고 카메라 셔터를 눌렀다. 그때 한 중년 부인이 구석에 앉아서 앞에 있는 예수님 석상을 조용히 바라보는 모습을 보았다(나중에 인화한 사진에서 나와 아내 뒤에 있는 그녀의 모습이 보였다). 미간에 슬픔과 고통이 배어 있는 듯했고, 두 손은 무릎 위에 가볍게 올려놓고 있는 모습이 마음은 편안해 보였다. 소란스럽게 떠드는 우리를 전혀 못 느끼는 듯했고, 어쩌면 알고도 전혀 방해가 안 됐을지도 모르겠다. 마음이 갑자기 떨려왔다. 그 순간 나는 내 어머니를 본 듯했다.

나는 오랫동안 고통스러운 꿈을 계속 꾸고 있다. 며칠 간격으로 나의 어두운 밤에 매번 똑같이 나타난다.

꿈속에서 어머니는 아직 살아 계셨다. 그저 크게 실망한 상태로. 나 아니면 이 세상에 완전히 실망했다. 고통스러운 영혼은 어디다 말할 곳도, 기댈 곳도 없어서 떠나려 한다. 우리를 떠나 아주 먼 곳으로 떠날 것이고 다시는 돌아오지 않겠다 하신다.

꿈에서 나는 절망적으로 울부짖으며 어머니를 원망한다.

"어머니가 실망한 것은 알아요! 떠나려는 것도 이해해요! 하지만 그래도 소식은 보내주세요. 우리가 얼마나 그리워하는지 모르시는 거예요?"

하지만 이런 말조차도 할 수가 없다. 그저 어머니가 먼 곳에 있다는 것만 알뿐, 어디에 계신지도 모른다.

이 꿈은 늘 나의 검은 밤으로 들어와서 가지 않는다.

꿈에서 깨어나면 낮에 생각으로 그 뒤 내용을 잇는다.

어머니의 영혼은 아직 사라지지 않고, 저승에서 나를 지켜보며 나를 보호하고 있다. 내가 죽음을 바라보게 돼 저승에 있는 어머니와 만날 수 있을 때까지. 그때가 되면 어머니는 안심하고 새로운 곳으로 가실 것이다.

내가 이 꿈을 쓸 수 있기를 바란다. 나의 검고 어두운 밤은 그때부터 기댈 곳이 생길 것이다.

## 해당나무

만약 가능하다면, 만약 작은 공간이 있다면, 창문 앞이든 방 뒤편 이든 원하는 대로 해도 된다면, 나는 나무 두 그루를 심고 싶다.

하나는 어머니를 위한 자귀나무, 또 하나는 할머니를 기리기 위한 해당나무.

할머니와 해당나무는 내 기억 속에서 절대 떨어질 수 없다. 둘은 처음부터 하나였던 것처럼 기억 속 할머니의 삶은 언제나 그 해당나 무 그늘에 있었다.


그 해당나무는 방 근처 약간 높은 곳에 있었다. 굵은 가지 두 대가 의자처럼 휘어져 있어 어렸을 때는 늘 그 위에 올라가 놀았다. 그럴 때마다 할머니는 나무 아래에서 소리쳤다.

"내려와. 내려오라고. 어떻게 거기만 올라가면 내려오질 않니?"

정말 그랬다. 나는 거기서 책을 읽었고, 장난감 총을 쏘며 놀기도 했고, 책가방은 처마에 걸어놓고 거기에 앉아 숙제도 했다.

"밥도 거기서 먹을 거야?"

맞다. 밥도 거기서 먹었다. 할머니가 밥과 반찬을 담아 올려주면 다리로 나뭇가지를 단단히 움켜잡고 그릇과 젓가락을 받았다.

"잠은? 거기서 잘 거야?"

맞다. 주변은 온통 꽃향기 천지였고, 벌들이 날아다니고, 봄바람이 불면 해당화 꽃비가 내렸다.

할머니는 마당에 서서, 방 앞에 서서, 해당나무 아래에서 나를 바라보았다. 분명 나를 부러워했을 것이다. 이 위에 있는 느낌은 어떤지, 무엇을 볼 수 있는지 상상했을 것이다.

아니 어쩌면 그냥 나를 보기만 하셨는지도 모른다. 할머니는 자주 혼자 멍하니 있었고, 눈빛도 점점 빛을 잃어갔고 공허해졌다. 할머니가 빼곡한 나뭇잎 사이 너머로 무엇을 보셨는지 모르겠다.

봄날, 바람이 불면 무성하게 핀 해당화 꽃이 바닥에 눈처럼 후드득 떨어졌다. 나는 할머니가 나무 아래 앉아 종이봉투를 붙이다가 갑자기 내게 소리치던 것을 기억한다.

"말 안 해도 내려와서 도와주면 안 되니? 너처럼 작은 손이 빨리 붙이는데!"

나는 나무 위에서 못들은 척 아무렇게나 노래를 불렀다.

"내가 부탁하잖니! 빨리 해서 줘야 한다고!"

"아빠 엄마가 할머니 봉투 붙이는 일 하지 말라고 했잖아요! 그런데 왜 굳이 힘들게 해요!"

내 말에 할머니는 아무 말도 못하고 허리를 펴더니 한숨을 내쉬었다. 그때 할머니는 또 멍하니 분홍꽃잎 사이로 무한히 펼쳐진 하늘을

바라보았다.

여름날 해당나무의 잎과 가지가 무성해지면 할머니는 그 나무 그늘에 앉아 또 어디서 구해왔는지 수놓는 일을 했다. 돋보기를 끼고, 이불이나 요에 고개를 박고 한 땀 한 땀 수를 놓았다. 하늘빛이 어두워져갈 무렵 할머니는 내게 소리쳤다.

"저녁거리 야채 좀 씻으면 안 돼니? 나 바쁜 거 안 보여?"

나는 얼른 나무에서 뛰어 내려와 대충 아무렇게나 야채를 씻었다. 그 모습에 할머니는 화가 나셨다.

"학교 가서도 그렇게 엉망진창으로 하는 거야?"

할머니는 하던 일을 멈추고 일어나 야채를 다시 씻으면서 말했다.

"나는 이렇게 평생 너희들 밥이나 해줘야 하는 거니? 내 일은 할 수가 없는 거야?"

이번에는 내가 아무 말도 할 수 없었다. 할머니는 야채를 다 씻고 나서 다시 바늘을 들었다. 돋보기 너머로 보이는 눈빛은 다시 멍하게 먼 곳을 응시보고 있었다.


어느 해 가을이었다. 해당나무는 계절의 순리대로 가득 열매를 맺었고, 낙엽이 분분히 떨어졌다. 이른 아침과 황혼이 질 무렵이면 할머니는 빗자루를 들고 마당의 낙엽을 쓸었다. 쓱쓱 빗질소리가 들릴 때 집안사람들은 아직 꿈속이었다. 그때 나는 중학교를 졸업하고 생산대에 있었는데, 잠깐 할머니를 뵈러 집으로 돌아왔다. 당시 부모님은 모두 간부학교[ ]에 가 있어서, 베이징에는 할머니 혼자였다. 그 당시 할머니는 이미 허리가 굽어 있었다. 빗질소리에 잠이 깬 나는 바로 밖으로 달려 나갔다.

"할머니 그만 쉬세요. 제가 할게요. 3분이면 끝나요!"

그런데 할머니는 이번에는 나의 도움을 만류했다.

"어, 괜찮다. 넌 모르겠지만 나는 일을 해야 한단다!"

"누가 본다구요?"

"그건 아니지. 누가 보든 안 보든 상관없이 내가 하고 싶으면 해야지!"

할머니는 마당을 다 쓸고, 골목을 쓴다고 밖으로 나갔다.

"같이 쓸면 안 돼요?"

"안 된다!"

그때 깨달았다. 할머니가 왜 그토록 종이봉투를 붙이고, 이불에 수를 놓으며 쉬지 않으려 했는지. 부모님이 봉양하고 있었으니 돈이 필요했기 때문만은 아니었다. 할머니는 돈이 아니라 노동 자체가 필요했다. 할머니의 출신성분은 할아버지를 따라서 지주였다. 그 지주 할아버지는 서른 몇 살에 세상을 떠났고, 할머니 홀로 세 아들을 키우느라 수십 년간 온갖 고생을 했지만 사람들 눈에는 그게 아니었다. 다들 할머니를 지주라고 비판했다.

"그래도 당신은 지난 세월 동안 인민들을 착취해서 편히 생활했어!"

그 말에 할머니는 고개를 들지 못했고, 혼자 걱정근심의 세월을 보냈다. 그 말은 지난 수십 년간의 고생을 순식간에 아무것도 아닌 것으로 만들어버린 모욕이었다. 할머니는 그 죄를 보상하려고 했고, 행동으로 증명하려고 했다. 무엇을 증명하려 했을까?

할머니는 남의 도움 없이 혼자 살 수 있음을 보여주고 싶었을 것이다. 그 마음을 조금은 이해할 수 있었다. 아마 언제쯤이면 아버지나 어머니처럼 정당하게 일할 수 있을까? 하는 바람을 가졌을 것이다. 그 바람 때문에 해당나무 아래서 몇 번이나 막막하고 공허한 마음이 들었을 것이다. 하지만 바람은 그 막막함과 공허함보다 훨씬 더 넓고 깊었다. 할머니는 말했다. 시대에 뒤처지지 않고 함께 가고 싶다고.

그래서 겨울이면, 내 기억 속에 있는 모든 겨울 저녁마다 할머니는 전등 아래서 공부를 했다. 창밖에는 바람 때문에 해당나무의 마른 나뭇가지가 처마와 창틀을 치는 소리가 들렸다. 할머니는 전에는 문맹퇴치를 위한 교과서를 읽었고, 이후에는 신문의 기사제목을 한 자 한 자 소리 내 읽으며 글공부를 했다. 산문 〈할머니의 별〉에서 이 이야기를 쓴 적이 있다. 그때 나는 지금도 나를 용서할 수 없는 잘못을 했다. 할머니가 신문을 들고 조심스레 내 앞에 놓으며 말씀하셨다.

"여기 이 부분…… 무슨 뜻인지 설명 좀 해주렴!"

나는 보지도 않고 퉁명스레 대답했다.

"그거 배워서 어디다 쓰려고요? 그 내용을 이해하면 그 '지주'라는 딱지를 뗄 수 있대요?"

할머니는 아무 말도 하지 않고 신문만 들여다보며 한참 동안 시선조차 움직이지 않았다. 나는 금방 후회했지만 어떻게 회복할 수 없음도 알았다.

"할머니! 할머니! 할머니……!"

계속 부르자 할머니는 고개를 드셨는데, 화난 것이 아니라 부끄럽고 미안해하던 그 눈빛을 나는 아직도 기억한다.


그런데 나의 인상에서는 할머니의 눈빛이 천천히 신문에서 벗어나고, 불빛에서 벗어나고, 나에게서 벗어나, 창문에 비치는 해당나무의 그림자 속에 머무른다. 그리고 다시 계속 어디론가 떠났다. 모든 소리와 형태에서 벗어나 칠흑 같은 밤을 넘어, 별빛을 넘어, 어떤 위로도 닿지 않는 막막함과 공허함을 향하여…… 그리고 나의 꿈속에서, 기도 속에서, 해당나무도 할머니를 따라, 할머니와 함께했다.

할머니는 해당화가 가득 핀 꽃 속에서, 짙은 나무 그림자 아래서 먼 곳을 보고 또 보거나 끊임없이 내게 말했다.

"이 부분은 무슨 뜻이니?"

아무리 세월이 흘러도 그 모습은 박제처럼 내 마음에 그리움으로, 영원한 아픔과 후회로 남았다.

복
잡
함
이

필
요
한

이
유

모든 방식에는 복잡함이 필요하다.

그것은 마음을 소중히 대하는 데

필요한 의식이기 때문이다.

마음은 마음을 간단히 대하는 것을

용인하지 않는다.

○
　　○

　　어머니가 세상을 떠나신 지 10년 뒤 청명절. 나와 아버지, 여동생은 어머니의 무덤을 찾아 나섰다.

　　어머니는 갑자기 세상을 떠났다. 쉰도 안 된 중년의 나이였다. 그때 나는 휠체어에 앉아 이제 어디로 가야 할지, 어떻게 살아야 할지를 몰라 두려웠고, 여동생은 초등학교에 다니고 있었다. 아버지는 혼자 어머니를 묻었다. 이 거대한 재난에 우리는 10년 동안 감히 어머니란 단어조차 입에 올리지 못했고, 벽에 걸어놓은 어머니 사진도 내렸다. 어머니를 봐야 하는 우리도, 우리를 보고 있어야 하는 어머니도 다 견디기 힘들었다. 그때 우리는 아픔과 슬픔이 클수록 말할 수 없다는 걸 알게 되었다. 어머니에 관한 그 어떤 적당한 말도 없었고, 어머니에 관한 그 어떤 글자도 모두 두려움이 되었다.

10년이 흘러서야 비통함이 조금 약해진 듯했다. 우리는 동시에 어머니 무덤을 찾아가보자고 말했다. 우리 셋은 동시에 깨달았다. 지난 10년간 입에 올리지 않았지만 각자 매일매일 어머니를 그리워했다는 것을.

그런데 무덤을 찾을 수 없었다. 아니 무덤은 원래부터 없었다. 어머니가 세상을 떠난 시절은 평범한 사람은 무덤을 가질 수 없는 시대였다. 화장을 해서 흔적이 남지 않도록 깊게 묻을 수밖에 없었다. 아버지는 온 산을 다 뒤져 간신히 그때 해놓은 표식을 찾아냈다.

"그 표식에서 동쪽으로 서른 걸음 정도 가서, 그곳에 네 엄마 뼛가루를 깊이 묻었다."

하지만 동쪽으로 채 스무 걸음쯤 갔을 때 새로 지은 집들이 보였고, 집 뒤로는 돌들이 가득 쌓여 있었다. 묘비를 만드는 작은 공장이었다. 일꾼 몇 명이 고개를 파묻고 열심히 돌을 쪼개고 글을 새기며 묘비를 만들고 있었다. 아버지는 당혹한 마음을 억누르느라 얼굴이 벌겋게 달아올랐고, 숨이 점점 더 거칠어졌다. 동생은 나를 밀며 앞으로 나가 그곳을 한참 바라보았다. 그리고 아무 말도 하지 않았다. 그곳을 떠날 때 나는 두 사람에게 말했다.

"이것도 나쁘지 않아요. 저곳을 어머니의 기념관이라 생각해요."

말을 그렇게 했지만 내 마음도 뭐라 할 수 없이 공허했고 아팠다.

나는 물론 무덤을 크게 만드는 것은 반대한다. 그렇지만 간단하다

못해 아무 흔적도 남기지 않고 깊이 묻은 것 역시 너무 가혹하다. 사랑한 사람을, 아주 고생했던 사람을, 한 풍요로운 영혼을 이렇게 가볍고 쉽게 없애 0으로 만들어버린다? 정말 더할 수 없이 슬프다. 마치 그 사람의 삶의 모든 걸음과 모든 순간을 그렇게 다 없애버리는 것 같았다.

고인을 기리는 풍습과 방식은 다양할 수 있지만 그래도 있어야 한다. 그리고 간단하기보다는 조금은 복잡한 게 좋다고 생각한다. 그 복잡함이란 쓸데없이 번잡하거나 낭비하는 것이 아니다. 마음으로 하는 엄숙함과 장중함으로, 비물질적인 것으로 충분히 효과를 낼 수 있다. 화장, 수장, 천장도 있고 수목장도 좋다. 또는 죽은 이를 위해 나무 한 그루를 심거나 그를 위해 나뭇잎을 간직하거나 마른 풀을 바쳐도 좋다. 간단히 끝내버리는 의미가 아니라면 어떤 방식이든 상관없다. 모든 방식에는 복잡함을 보여줄 필요가 있다. 그것은 마음을 소중히 대하는 데 필요한 의식이기 때문이다. 마음은 마음을 간단히 대하는 것을 용인하지 않는다.

그런 면에서 문학을 생각해본다. 문학은 바로 이런 복잡함의 원칙을 받들고 지켜야 한다. 이론은 간단함을 지향하지만 문학은 복잡함 쪽으로 다가가야 한다. 문학마저 간단해지면 모든 인생은 줄어들어 '먹고 놀고 마시고 싸고 잤다'라는 짧은 문장으로밖에 남지 않을 것이다. 소설도 다 줄어 간략한 개괄 몇 줄밖에 남지 않을 것이다. 역사도 줄어 몇몇 위대한 영웅만 남고, 수많은 용감한 행동과 비겁한 도망에 관한 이야기도 간략해져 그저 '영광과 굴욕' 이렇게 기록될 것이다. 그래서는 안 된다.

우리는 이런 식의 간단한 결말은 결코 원하지 않는다. 우리는 과정을 보아야 한다. 복잡한 과정에서 인생의 고단한 상황을 보고, 엄숙하고 장중한 아름다움을 누려야 한다. 사실 사람의 일이란 대부분은 줄이거나 삭제할 수는 있지만 그것을 용납하지 않는다. 믿지 못하겠으면 한번 생각해보라. 예를 들어 축구가 단지 승부를 내기 위한 경기라면, 그냥 나가서 골대 앞에 서서 공을 차면 될 일이다. 온 운동장을 뛰어다니는 것은 무엇을 위해서인가?

디
탄
을
그
리
워
하
다

장자가 나비 꿈을 꾼 것처럼,

그때 디탄에서 보낸 시간에 가끔 의문이 든다.

나는 디탄에 있었나?

아니면 디탄이 내 안에 있었나?

◦
◦

디탄을 그리워하는 것은 사실 그 조용함을 그리워하는 것이다.

그 공원에 앉아 있으면, 공원 어느 구석 어떤 곳에 있어도 소란함과는 거리가 멀다. 근처에는 넝쿨로 가득 뒤덮인 나이 든 나무, 새들만이 살고 있는 폐허가 된 전각과 무너진 처마, 잡초로 무성한 깨지고 부서진 담장뿐이었다. 저녁 무렵 까마귀가 까악까악 울며 집으로 돌아오거나, 칼새가 하늘 위를 배회하며 부르는 노랫소리, 바람이 풍경을 건드리고, 빗물이 숲에 떨어지는 소리, 벌과 나비가 날아다니고 풀 속에서 움직이는 벌레들…… 사계절의 노랫소리는 끊이지 않게 들려왔다. 디탄의 고요함은 소리 없는 고요함이 아니었다.

안개가 가득한 날이면, 세상은 마치 공원 안의 고목 한 그루만 남겨놓은 공간만으로 축소된 것 같았다. 또 봄빛이 좋은 날이면 잔디 위에 야생화가 활짝 펴서 마음을 흔들어놓기도 했다. 온 하늘에 눈발이 날리고 공원 안 백옥 조각 장식 위로 눈이 조용조용 쌓이는 날이면, 공원은 투명하게 반짝이는 미궁으로 변한다. 주룩주룩 비가 내리다 갑자기 구름이 열리면서 태양이 모습을 드러내는 날이면, 공원 곳곳은 그 장엄한 빛으로 가득해진다.

헤아릴 수 없는 그날들, 그 세월 동안 디탄은 분명 기억할 것이다. 휠체어를 밀고 매번 그곳으로 들어와, 도망이라도 온 듯 이 조용한 곳을 찾아와 몸을 의탁하던 한 남자를.

공원 문을 들어서면 마음이 안정됐다. 어떤 경계선처럼 공원의 문만 넘으면 맑고 순수한 기운이 훅 느껴졌다. 그 기운은 오랫동안 부드럽고 소박하게 나를 감쌌다. 그럴 때면 시간도 영화 속 슬로비디오처럼 속도를 늦췄다. 긴장하거나 서두르지 않고 안심한 채로 자신의 모든 동작과 주변의 모든 움직임을 정확히 볼 수 있었다. 바람에 흔들리는 잎사귀 하나하나, 모든 분노와 망상 하나하나, 바람과 막연함 하나하나까지 다 볼 수 있었다. 아무튼 자신의 모든 감정과 정서를 분명하게 보고 이해할 수 있다. 때문에 디탄의 고요함은 세상과 떨어져 담을 쌓는 것이 아니었다.

그 고요함은, 지금 생각해보면 주변과 마음속의 공허함과 쓸쓸함에서 온 것 같다. 어쩔 줄 몰랐던 한 영혼이 어쩌다가 생명의 시작점으로 돌아온 것 같았다.

나는 그 공원에서 한참을 움직였고, 그곳에서 멍하니 앉아 있었고, 바라보았고, 혼자 몰래 기도하고 또 원망했고, 잠이 들었다가 깼고, 깨어나서는 책을 보았다…… 그다음 생각했다.

'좋아. 알았어! 당신이 어떻게 하는지 보겠어!'라고.

그 생각은 나도 모르게 소리로 나와 메아리처럼 울려 퍼졌다.

누가? 누가 그렇게 할 수 있을까? 나다. 나 자신이다.

나는 휠체어에 앉아 있는 이 사람과 휠체어 밑의 그림자를 볼 때마다 마음속으로 말했다.

'내가 어떻게 이 사람이지? 내가 왜 그와 함께 여기에 같이 앉아 있는 거지?'

자세히 그를 바라보았다. 대체 어떤 재수 없는 특징이나 불행의 징조가 있는지를 자세히 살펴보고, 그가 어떻게 죽는지 보고 싶었다. 죽음으로 가는 여정에 설마 길이 끊어지지는 않겠지? 그날은 언제일까? 그러다 갑자기 모든 것을 자포자기해버린 심정이 되었던 것을 기억한다.

나는 이미 사라졌고, 이미 존재하지 않고, 한 가닥 가벼운 혼이 되어 공원을 떠도는 것 같았다. 그러다 문득 인생의 참뜻을 깨달은 것처럼 내가 자비 속에 있음을 이해하게 되었다. 그 영원하고 광활한 고요함으로 들어온 것 같았다. 영원하고 광활하지만 쥐죽은 듯한 고요함은 아니었다. 그 사이에 작가 린위탕(林语堂)[18]의 말처럼 '부드럽고 따뜻한 소리이면서도 무언가 강요하는 소리'가 분명히 있었다.

그래서 종이를 펼치고 무엇이든, 무조건 써야겠다고 생각한 것이 기억난다.

그때가 언제였더라? 그날이 정확히 기억나지는 않지만 갑자기 떠오른 그 가볍고 즐거운 마음이 가져온 그 기분은 늘 기억한다. 그래서 단어와 문장도 생각하지 않고, 문학적 기교도 고민하지 않고, 그것으로 무엇을 할지 생각하지 않았다. 그냥 써내려갔다.

어떤 길은 휠체어에 앉아서 걷는 것만으로는 충분치 않아 보였다. 글쓰는 것이 정말 방법이 되었다. 그것은 막다른 길 뒤에 나타난 새로운 길이었다.

그 후 오랜 시간이 흐른 뒤 책에서 한 견해를 읽었다.《글쓰기의 영도零度》라는 책이었다.

《글쓰기의 영도》 중국어 번역본은 솔직히 부드럽게 읽히지 않았다. 내 나름대로 해석하거나 잘못된 해석을 피할 수 없는 부분도 있을 것이다. 나는 프랑스 문학가가 아니니 롤랑 바르트의 프랑스어 원서를 읽지 못한다고 해서 직무태만은 아닐 것이다.

나는 이 책의 제목에 끌렸다. 이 짧은 제목은 내 생각과 완전히 맞아떨어졌다. 나는 글쓰기의 영도는 바로 삶의 시작점이라 생각한다. 글쓰기가 출발하는 곳에는 바로 삶의 난제가 있다. 글쓰기는 결국에는 찾아가는 과정이고, 영혼의 가장 처음을 바라보는 행위다. 마치 뱀의 유혹처럼, 삶에 대해 지금까지도 끊임없이 그 의미를 묻고 있다. 마치 몸을 가렸던 두 개의 무화과 잎사귀처럼 인류는 사랑이라는 이름으로 지금까지도 서로를 찾고 있다. 마치 신이 아담과 이브에게 내린 벌처럼 지금까지도 온 마음을 다해 함께 모이기를 간절히 바란다.

물론《글쓰기의 영도》는 현실 생활의 번잡함은 신경 쓸 필요 없다고 고상하게 이야기하지 않는다. 변화하는 역사는 신경 쓰지 말라고, 삶의 해답을 찾으라고 관념적으로 말하지도 않는다. 다만 생활 속 수수께끼 문제들은 다양하게 변화하는데, 그 해답은 옛날부터 지금까지 전혀 변하지 않았다. 복잡하고 어수선한 현실의 그물은 삶을 막막하게 만들고, 그 때문에 관념적인 해답을 찾게 되는 것이다. 현실에선 쉽게 길을 잃는다. 사람들은 실제 삶 속에서 너무 쉽게 길을 잃는다. 길 위에 펼쳐진 아름다운 풍경을 보다 그만 원래 가야 할 길을 잊고 만다. 만약 그때 번뜩 정신이 들면 머쓱해서 웃다가 순간 알랭 로브그리예의《지난 해 마리앙바드에서》나 사무엘 베케트의《고도를 기다리며》같은 것을 떠올리며 다시 '영도'로 돌아오고, 새롭게 인생의 의미를 물을 수 있을 것이다.

영도[19], 이 단어는 정말 잘 사용했다. 나는 이 단어에 두 가지 의미가 담겨 있길 바란다. 하나는 삶은 원래 아무 의미가 없다는 것이다. 0 아닌가? 원래부터 아무것도 없는 것이다. 또 하나는 아무 까닭 없이 생명이 왔다는 것이다. 그것은 무슨 의미일까? 자리를 비워두고 기다리다가 당신에게 와서 의미를 요구하는 것이다. 한 생명의 탄생은 세상에 한 번의 의미를 요구하는 것과 같다. 황당하게도. 맞아, 정말 그렇게 요구한다. 그러니 이 황당함을 잘 지켜보고 잘 대해야 한다. 믿지 못하겠으면 한번 기다려보라. 언제 어느 때든, 그 황당함은 당신을 맨 처음으로 데려가 당신에게 삶의 난제와 마주하라고 압박할 것이다.

그것이 아니라면 글쓰는 일에서 당신이 찾고 있는 것은 무엇의 뿌리인가? 오로지 조상의 영광만을 자랑하고 마음에 계속 남아 있는 곤혹도 묻지 않는다면, 그것은 아Q의 전통이 아니고 무엇인가?

만약 글쓰기가 그저 얽매임 없는 자유의 상징으로 변하고, 신분이나 지위에 대한 투자로 바뀐다면, 더 이상 세상사의 소란함과 혼란을 비웃지 마라. 그런 글쓰기는 이미 그 소란함으로 들어간 것이기 때문이다.

특히 글쓰기가 무슨 대회나 방송이나 베스트셀러를 사랑하게 된다면, 더 이상 부패와 권력을 질책할 수 없게 된다. 본인이 이미 그렇게 되었는데 누굴 비판할 수 있겠는가?

나는 순위를 매기는 일의 의미를 대충 안다. 아무 때나 명단을 만들어 사람들을 《수호지》 양산박의 108명 장수들처럼 줄을 세우면, 그들끼리 서로 질투하고 다투고, 누군가는 기회를 틈타 권력을 갖는 것이다. 잘 생각해보면 이것이 바로 순위를 매기는 방식의 묘미다.

비즈니스계가 오히려 문단보다 이 묘미를 늦게 깨달았다.

언젠가 글에서 썼던 유치원의 그 무서운 아이가 생각난다. 작고 마르고 약한 아이인데 왜 사람들은 그를 두려워했을까? 아이에게는 천부적인 교활함이 있었다. 주변의 아이들을 차례차례 앉히면서 빈자리를 갖고 권력을 휘둘렀다.

"첫 번째로 누구랑 친하지, 두 번째는 누구지…… 10번째는 누구지"와 "난 누구를 싫어하지"로 나눴다. 그래서 기뻐하며 바로 그를 따르거나, 또 고심의 고심을 거듭하다 결국 그를 따르게 만들었다. 그 일은 아주 오랫동안 내 어린 시절 공포의 근원이었고, 내 첫 번째 글쓰기의 영도였다. 생활 속의 공포나 어려움을 아무 근심걱정 없이 바라보던 내게 갑자기 계책을 요구했다. 내 첫 번째 계책은 아첨이었음을 기억한다. 하지만 그렇다 해서 공포가 사라지지도 않았고, 그로 인해 더 어려워졌다. 아첨에 썼던 낡은 축구공을 안고, 나의 부서진 계책을 안고 바람이 부는 석양 무렵 집으로 돌아오던 모습을 기억한다……. 그 역시 또 한 번의 글쓰기의 영도였다.

영도는 그 한 번만으로 끝나지 않는다. 삶의 어려움에 처할 때마다, 마음속 깊은 바람이 있을 때마다 당신은 영도로 돌아오게 된다. 그것은 내가 매번 디탄에 가고, 매번 그 고요함에 기대 삶의 시작점으로 돌아와 다시 새롭게 보는 것과 같다. 당신은 대체 어디로 가려는 것인가? 혹시 아담과 이브가 찾던 방향에서 이미 벗어나버린 것은 아닌가?

디탄을 그리워하는 마음은 끊임없이 영도를 되돌아보는 것이다. 강한 권력을 버려야 하고, 아첨도 버려야 한다. 하지만 현실은 그 반대다. 힘센 사람을 만나려 하고, 호화주택에 살아야 하고, 해산물의 황제니 고기의 왕이니 그렇게 표현하고 그런 것만 먹는다. 사람은? 유명인이니 세력가니 큰 인물이니 이렇게 말한다.

하지만 디탄을 보라. 디탄은 오래전에 지난날의 영화를 버렸다. 하루하루 비바람 부는 세월 속에서 버려두길 500년, 고요해졌다. 풀과 나무가 무성하게 자라고 생명력이 넘쳐흐르게 고요해졌다. 땅, 당신이 받들어 모시고 이고 지고 갈 수 있는가? 만물, 그것들을 가지고 다 끼고 살 수 있는가? 다 헛소리다! 공원의 나이 든 측백나무들을 보자. 수많은 봄여름가을겨울을 보냈지만 여전히 담담하고 태연자약하고 화려함에 현혹되지 않는다. 나는 그들의 강인함을 주의 깊게 보았지만, 만물의 미덕은 유약柔弱에 있는 것을 알게 되었다. 강인함, 생각해보라. 세상에 강함을 막아낼 수 있는 단어가 무엇일까? 유약함 밖에 없다. 유약함은 사랑하는 자의 유일한 믿음이다. 유약은 연약軟弱이 아니다. 연약함은 보통 강한 척을 한다. 무대에서 욕하고 내려와 무대 뒤에서는 식은땀을 흘린다. 유약함은 신자가 신의 은혜를 흠모하는 마음이고, 신의 명을 조용히 듣는 태도다.

생각해보자. 나이 든 측백나무가 바람이 불지 않는데도 스스로 흔들린다면 얼마나 무서운 일인가? 잡초가 나무보다 더 높이 자란다면 핵이 유출됐는지 의심해봐야 한다. 체르노빌 인근에서 원전 사고 전 이런 현상이 있었다고 한다.

'만약에 디탄에 신이 있다면'이라는 문장을 쓴 적이 있었다. 지금 생각해보면 그 신은 나이 든 측백나무들이었다. 수천, 수백 년 동안 나무들은 바람을 보고 비를 보고, 해가 가고 달이 지고, 세상이 바뀌는 것을 보았다. 짙은 녹음 속에 오로지 모든 기억만을 담아두고, 때때로 당신의 영원한 꿈을 일깨워준다.

그런데 만약 '사랑'도 소란스럽고, '아름다움'도 과시가 되고, '진실'도 유행하는 광고 문구로 전락해버리면, 그때는 어떻게 하나? 유약함만이 그것을 가려낼 수 있다. 버리는 것이 소란함의 분해제인 것처럼 말이다. 사람은 틈만 나면 오만방자해진다. 인간은 그렇게 태어난 동물이다. 이런 동물은 얼마 동안 디탄에서 기른다면 아주 좋을 것이다. 여기서 내가 말하는 디탄은 옛날의 디탄이다.

디탄을 돌아보고 그 고요함을 돌아보니 그곳의 아무 구석진 곳에서 다시 새롭게 종이를 펼치고 싶다. 글을 쓰는 것은 정말 좋은 방법이다. 저절로 고요함으로 통하게 되니 말이다.

글을 쓰는 형식은 필연적으로 개인적이다. 성실함과 만나기 쉽고, 성실함 때문에 쉽게 포기하지 못하고, 사람들의 영향 밖에서 마음속 어둠과 만나기 쉽다. 그리고 우쭐함이 들 때가 바로 영도로 돌아올 시간이다. 더럽고 기형적이고 잘못된 길을, 새롭게 그곳으로 가져가 점검해야 한다. 거짓과 위선과 비열한 마음을 퍼트려서는 안 된다.

누군가 내게 디탄에 나를 찾으러 간 적이 있다고, 또 누군가는 〈나와 디탄〉을 읽고 고요함을 찾으러 그곳에 갔다고 말해주었다. 그런데 나는 이미 디탄에서 멀리 떨어진 곳으로 이사 가서, 이제는 그곳에 자주 가지 못한다. 얼마 전 우연히 친구 차를 얻어 타고 디탄에 가보았는데, 이미 전과는 완전히 달라져 있었다. 이제 고요함을 찾으러 디탄에 갈 필요는 없을 것 같다. 차라리 고요함 속에서 디탄을 찾는 것이 나을 것 같다.

장자가 나비의 꿈을 꾼 것처럼, 그때 디탄에서 보낸 시간에 가끔 의문이 든다. 나는 디탄에 있었나? 아니면 디탄이 내 안에 있었나? 지금 나는 허공에 그어진 경계선을 본다. 그리움을 안고 그 선을 넘어 들어가면, 넘기만 하면 깨끗하고 순수한 기운이 훅하고 들어올 것 같다.

나는 이제 디탄에 없다. 디탄이 내 안에 있다.

후기

휠체어에 앉아
길을 묻다

당신이 만난 운명이 마음에 들지 않는다면

그것을 미워할 것인가?

그 운명이 다른 이에게 간다면

당신 마음은 가벼워지고 행복해질까?

○
○

휠체어에 앉은 지도 33년이 흘렀다.

사용한 휠체어 숫자도 두 자릿수를 넘었다. 정말 상상하지도 못했던 일이다.

1980년 가을, 급성신부전증이 처음 발병했을 때 주치의인 닥터 보에게 물었다.

"이제 남은 형기는 얼마입니까?"

"귀하께서 노력하면 10년은 더 살 수 있습니다."

둘 다 농담처럼 이야기했지만 결코 농담이 아닌 것쯤은 알고 있었다. 질문과 대답은 이쯤으로 끝내고 급하게 화제를 돌린 것만 봐도 그랬다. 그때 말한 10년은 이미 훌쩍 지났다.

그때는 다가올 미래를 예견할 수 없었다. 당시 베이징 시내는 삼환로三環路[20] 안쪽에 불과했다. 그 즈음 졸업 작품을 준비 중이던 텐챵

좡(田壯壯)[21]이 나의 졸작 《우리의 모퉁이》를 선택해 영화를 찍기로 했다.

어느 날 병상에 누워 있는데 그 친구들이 최신 휠체어를 밀고 들어왔다. 내 낡은 휠체어가 있어야 영화가 실감날 테니 새것과 교환하자면서. 그들이 가져온 신식 휠체어는 삼륜오토바이랑 비슷한데 손으로 밀어서 동력을 얻는 휠체어였다. 바꾼 새 휠체어를 보니 정말로 10년은 더 살아도 될 것 같았다. 다만 아쉽게도 퇴원할 때 새 휠체어는 다시 옛날 것으로 바꿔야 했다. 당시 영화 촬영 경비는 지금과는 비교할 수 없이 열악했다.

하지만 그래도 쓰던 것이 좋았다. 그 휠체어는 내 친구 스무 명이 함께 마음을 모아 사준 것이다. 사실 스무 명 어머니의 마음이었던 셈이다. 당시 아들딸들은 여전히 생산대에 있었는데 어디서 돈이 났겠는가?

나는 그 휠체어와 아주 오래 함께했다. 그 휠체어를 밀며 공장에 가서 일했고, 디탄에 가서 책을 읽었고, 일을 찾기 위해 관공서에 갈 때도 함께했다. 거리와 골목골목을 누볐고, 교외의 들판에서 일몰을 보고, 별을 보았다……. 깊은 밤으로 밀고 들어갔고, 또 여명에도 밀고 들어갔다. 사랑 속으로 밀고 들어갔지만 또 금방 밀고 나왔다.

1979년 설 무렵, 자전거를 타는 친구의 도움을 받아 휠체어를 밀고 찬 겨울바람을 맞으며, 작가 모임이 있었던《춘우春雨》잡지사 편집부에 갔다. 내 글이 처음으로 인정받은 곳이다. 그 오래되고 낡고 작은 건물의 좁고 가파른 나무계단은 걸으면 삐걱삐걱 소리가 났다. 한 무리의 젊은 청년 작가들이 숫자를 세며 내가 앉아 있는 휠체어를 그대로 들고 2층으로 올라갔다. 작고 소박한 공간이었다. 칠이 벗겨진 나무 마루, 습기 찬 나무 벽, 구식 샹들리에 등 몇 개가 묘한 귀족적 분위기를 내고 있었다. 다들 일어서거나 혹은 앉아서 함께 만두를 먹고, 작품을 읽고, 서로의 의견을 끊임없이 주고받거나 비현실적인 말로 논쟁을 했다. 정말로 열정적이고 낭만적인 시대였다.

때문에 이 휠체어에 담긴 정을 절대로 그냥 끊어낼 수 없었다. 결국 나는 나보다 더 어려운 장애인에게 휠체어를 넘겨주었다. 그때 약간의 원고료를 받아서 더 멀리 갈 수 있는 전동 삼륜차를 샀다.

이 전동 삼륜차는 분명 멀리 가는 데 도움이 됐지만, 가는 중간에 사람을 버려두기도 잘했다. 두 번이나 그랬다. 둘 다 친구 집에 가는 길이었는데 반쯤 가서 한 번은 체인이 끊어졌고, 한 번은 바퀴가 펑크 났다. 휴대폰이 없던 시대였다. 나는 멍하니 앉아서 한참을 생각하다 몸을 옆으로 굽혀 한 손으로 바퀴를 밀었다. 왼쪽 팔이 아프면 손을 바꿔 오른쪽 바퀴를 굴렸다. 돌아올 때는 두 번 다 친구의 도움을 받았다. 자전거 타고 나를 밀며 오느라 우리는 한밤중에야 집에 도착했다.

체인과 바퀴 문제는 쉽게 해결할 수 있었지만, 기계나 전기 쪽에 문제가 생기면 일은 커진다. 다행히 내게는 점검하고 고치고 해결해 주는 세 명의 전문가가 있었다. 처음에는 루이후 혼자 도맡아하다가 그가 외국 유학을 떠나면서 다른 친구 라오어와 쉬제 둘이 그 막중한 임무를 맡아주었다. 지금까지도 내가 앉아 있는 이 전동 휠체어(이 휠체어에 대해서는 뒤에 이야기할 것이다)의 문제 해결도 그들의 일이다. 외국에 나간 친구가 해외에서 부품을 구하면, 다른 두 친구가 국내에서 시공을 한다. 위성이나 해저 케이블을 통해 셋이 완벽하게 해낸다.

처음 두 다리를 못 쓰게 되었을 때는 남은 평생 방에서 책만 읽고 아무 데도 가지 않겠다고 몰래 결심했다. 그러던 어느 날 가족들이 나를 달래서 안아 마당으로 데려 나왔다. 푸른 하늘과 밝은 햇살, 버드나무와 바람을 보니 그 결심은 바로 흔들렸다. 게다가 친구들이 자주 놀러와 바깥세상에서의 온갖 소식을 들려주니 점점 더 마음이 움직였다. 이 넓은 세상에서 휠체어를 밀며 다니는 일쯤 별거 아니라는 생각이 들었다.

그래서 최초의 휠체어를 갖게 되었다. 이웃 형이 설계하고 아버지가 정성껏 설계도를 그려서 제작해줄 곳을 찾아 온 베이징을 다 찾아다녔다. 그렇게 며칠을 찾아다니다 마침내 '흑백철가공부黑白鐵加工

部'라는 곳에서 맡아주었다. 사용한 재료는 자전거 바퀴 두 개, 360도 회전하는 바퀴 두 개와 버려진 쇠창살 몇 개가 다였다. 어머니는 바느질로 방석과 등받침을 만들었다. 나중에 누군가에게 부탁해 양쪽에 받침대를 세우고 위해 나무판을 얹어, 책상 겸 식탁은 물론 술도 마실 수 있는 작은 받침까지 모두 갖췄다. 단순히 돈을 아끼기 위해서만은 아니었다. 지금 사람들은 믿기 힘들겠지만 당시에는 휠체어 같은 것을 파는 곳이 없었다. 의료용품을 파는 상점에 한 대쯤 있다 해도 엄청난 가격과 엄청난 무게를 감당할 수 없었다.

〈영화를 보다〉라는 산문에서 나는 이 휠체어에 대해 이렇게 썼다.

'밤새 큰 눈이 그치지 않고 내렸다. 영화관에는 휠체어가 들어갈 수 없다는 걸 이미 알고 있었는데도 어머니는 기어코 스스로 만든 휠체어를 밀고 나를 데리고 갔다…… 춤을 추듯 날리는 눈발은 황혼 무렵의 가로등 아래에서 마치 불나방처럼 보였다. 길은 꽁꽁 얼어붙은 눈 때문에 얼음판 같았다. 어머니는 무거운 휠체어를 힘겹게 밀었지만 마음은 날아갈 듯 즐거웠다…… 내가 무언가 쓰려고 한다는 것, 영화감독 한 사람과 계속 연락하는 것을 알고 계셨던 어머니는 내게 영화 관람이 무척 필요하고, 아주 큰일이라 생각했다. 어떤 큰일일까? 함께 그 눈길을 즐겁게 걷던 당시만 해도 우리 누구도 확신이 없었지만, 둘 다 아련하게나마 희망을 품고 있었다.'

그 자체 제작한 휠체어는 두 노인의 마음이 깃든 물건이었다. 하지

만 그 다음에 진짜 휠체어가 왔을 때, 어머니는 그것을 보지 못했다.

두 번째 휠체어는 《미운오리새끼》 잡지사가 보내준 것이었다. 정식제품에다 잘 만든 휠체어로 녹슬지 않는 스테인리스 재질에 접을 수도 있고, 해체할 수도 있었다. 양쪽 팔받침에는 금색으로 복福 자가 새겨져 있었다. 이 휠체어 말고도 어머니가 보지 못한 게 못내 아쉬웠던 것이 하나 더 있다. 1983년 내 소설이 중국 우수단편소설상을 받았을 때다. 상을 받는다는 것은 무언가 자산이 생긴 것과 비슷하다.

그해 여름 나는 《미운오리새끼》 잡지사의 초청으로 칭다오(青島)에서 열리는 펜클럽 행사에 참가했다. 두 다리가 불구가 되고 나서야 나는 리저(立哲)[22]가 가르쳐준 '뻔뻔한 정신'을 떠올렸다. 리저는 내게 이렇게 말했다.

"무슨 일을 하고 싶을 때, 체면이나 남의 시선은 신경 쓰지 마. 그냥 몰라도 아는 척하고, 잘 아는 사람들한테 가서 어울리면서 배우라고, 친구!"

리저가 이 말을 했을 때 우리는 생산대에 있던 열여덟, 열아홉 살이었다. 문화혁명으로 우리 둘 다 중학교밖에 졸업하지 못했다. 그 뻔뻔한 정신으로, 위생원이던 리저의 의학지식과 실력은 크게 향상되었다. 생산대 토굴집에서 얼마나 많은 수술을 했는지, 전국의 최고

외과 의사들도 기적이라고 감탄했다. 그래서 나도 나만의 법을 세우기로 했다.

얼굴에 철판 두껍게 깔고 작가들과 많이 교류하고, 작가들 속으로 들어가 배우겠다고!

다행히 두 다리만 말을 안 들었지 신체 다른 기관은 순서대로 착착 돌아가니, 눈 딱 감고 이 몸을 이끌고 칭다오에 가기로 결심했다.

이전 경험에 비추어, 나는 휠체어를 탄 채로 수화물 칸에 타겠다고 고집했다. 그러면 기차에서 내릴 때도 휠체어를 타고 내릴 수 있기 때문이다. 당시는 중국 전체에 택시가 100대도 안 되었을 때였다. 수성(樹生) 형이 나와 함께했다. 그런데 이번 여정은 전과는 완전히 달랐다. 전에 베이다이허(北戴河)에 갔을 때는 함께 간 간테성이 기차에서 내려 자전거로 나를 밀며 호텔로 갔었다. 이번 기차의 수화물 칸은 온갖 짐으로 가득해서 바람도 잘 통하지 않았다. 심장이 좋지 않은 수성 형은 어쩔 수 없이 가는 길 내내 나와 이야기를 나누면서 수시로 심장약을 먹어야 했다.

그렇다보니 돌아오는 길이 두려워졌다. 그래서 이번에는 휠체어를 수화물 칸에 맡기고, 사람들과 함께 의자에 앉아 가기로 했다. 들어가는 문은 기차 제일 앞쪽에 있었는데, 우리 자리는 맨 끝칸이었다. 키 크고 덩치가 좋은 수강(樹綱) 형이 나를 업고 갔다. 형은 미안해하는 나를 조용하고 낮은 목소리로 안심시켰지만 나중에는 풀무 소리 같은 거친 숨소리밖에 들리지 않았다. 우리 자리에 도착하고 보니 그 덩치 큰 형의 얼굴이 창백하게 질려 있었다.

《미운오리새끼》잡지가 아직까지 있는지 잘 모르겠다. 그 '복福'표 휠체어는 당시 잡지사 사장이던 후스잉(胡石英)의 공이 가장 컸다. 타고 내리기 몹시 불편한 내 수제 휠체어를 본 그는 혼잣말인 듯 중얼거렸다.

"좀 더 편하고 가벼운 건 없을까? 우리가 선물할 수도 있을 것 같은데."

졸고 있던 수성 형은 그 말에 후다닥 잠에서 깨더니 끼어들었다.

"있습니다. 그건 제게 맡겨주시고, 휠체어를 찾아 사오면 영수증 처리해주시면 됩니다."

그의 말에 후스잉 사장은 무슨 말을 하려다 멈췄다. 휠체어가 얼마나 하는지 아마 그도 가늠하지 못했을 것이다. 당시 의료설비공장에서 일하던 친구 말로는 외국기업과 합작으로 생산하는 휠체어가 있다고 했다. 좋기는 한데 가격이 문제라고 하자 형이 또 끼어들었다.

"됐어, 그건 나한테 맡기고 넌 얼른 가서 사와!"

그렇게 사온 휠체어는 495위안(1983년 중국 직장인의 평균 월급이 30~40위안이었으니, 직장인의 1년 연봉이 넘는 금액—옮긴이)이었다. 그때가 1983년이다. 그 영수증을 받은 후스잉 사장은 한참을 아무 말 못하고 멍하니 영수증만 보았다고 한다.

이 복표 휠체어는 내가 중국 각지를 돌아다닐 수 있는 새 역사를 열어주었다. 물론 많은 사람들이 밀고 업고 들어서 옮겨주어야 했지만.

제일 먼저 베이징작가협회의 젊은 작가들이 내가 생산대 생활을 했던 산베이로 데려가서, 오랫동안 보지 못했던 칭핑완(清平湾)[23]을 보았다. 그 다음에는 친구 홍펑이 창춘에 상을 받으러 가는 동안 함께했다. 내 아버지는 젊은 시절에 동북지방 임업지에서 오랫동안 일했던 덕분에 지나면서 보거나 듣는 지명에 익숙했다. 또 친구 마위안은 나를 티베트에 데려가고 싶어 안달을 했다. 비행기에서 내리면 바로 화장터가 있느냐는 내 말에 깜짝 놀라 결국 티베트는 포기하고 심양행을 함께했다.

작가 왕안이(王安忆)와 야오위밍(姚育明)은 휠체어를 밀며 함께 상하이 거리를 구경했다. 그때가 1988년이었다. 그때 그녀들은 몰랐을 것이다. 여동생에게 줄 스웨터를 사야겠다는 말은 사실 핑계였다는 것을. 그때 나는 또 한 번 사랑에 빠진 상황이었고 지금껏 그 안에서 잘살고 있다. 한샤오공(韩少功), 허리웨이(何立伟) 같은 젊은 작가 친구들은 나를 들고 어뢰 쾌속정을 함께 탔다. 가까운 바다의 작은 파도만 보다가 난생처음 큰 바다의 사나움을 경험했다. 파도는 보기에는 부드러워 보였지만, 요동을 치면 돌덩이만큼 딱딱하고 견고해졌다.

또 정이(鄭乂) 형을 따라 우타이산(伍台山)에 가는 길에 차가 균형을 잃어 낭떠러지 아래로 떨어질 뻔했는데 커다란 돌에 걸려 무사한 적도 있다. 다들 이 차에 분명 복장福將이 있다고 입을 모았다.

나는 바로 나라고! 내 휠체어에 복자 새겨진 것 못 봤냐고 마음속으로 말했다.

1996년에는 스톡홀름에서 열리는 회의에 참석하게 돼 그때 태어나 처음으로 외국에 나갔다. 비행기가 천천히 착륙할 때 마음속에서는 지극히 학문적인 말이 절로 터져 나왔다.

'이 세상에는 정말 외국外國이 있구나!'

얼마 전에는 미국에서 공부하는 리저가 나를 데리고 미국의 반 이상을 여행했다. 그때는 신장 두 개가 모두 태업중이어서 나는 여행 내내 하나라도 더 보려고 발버둥을 쳤다. 사막, 협곡, 폭포, 카지노까지 다 돌아보았다.

리저는 의학을 전공한 친구다. 그는 웃으며 내 오줌 냄새를 맡으며 말했다.

"걱정 마! 냄새가 아주 지독해. 아직 독소 배출 잘하고 있어!"

사실 그는 다 알고 있었으므로 그리 급하게 나를 미국으로 초대한 것이다. 내가 투석을 시작하면 다시는 이렇게 다닐 수 없음을 걱정한 것이다. 그의 인생철학은 한결같다.

"운명? 그건 어따 쓰는 건데? 그냥 살기 위해서?"

그 복표 휠체어를 이야기하면 자연스럽게 그 사람들이 떠오른다. 이제는 다들 나이가 들었고 벌써 세상을 떠난 이도 있다. 다함께 나를 밀고 들고 업어 내게 세상을 보여주고, 나와 함께 세상을 봤던 날들…… 이제 모두 추억이 되었다.

　이 휠체어 역시 끊어지지 않는 정의 증거다. 이미 말하지 않았던가. 내 삶의 패스워드는 장애와 사랑 두 가지라고.


　이제 나도 환갑을 눈앞에 두고 있다. 손으로 움직이는 휠체어는 오래전에 이미 움직일 수 없게 되었다. 투석을 시작하고 나서는 휠체어를 밀고 다닐 기력도 없어졌다. 그런데 신께서는 내게 필요할 것 같은 새로운 전동 휠체어를 만들어 왕푸징 의료용품 상점에 잠시 보관해두셨다. 아내가 지나가다 보니 가격이 3만 위안(한화 약 510만 원)이었단다. 아내는 에이전시를 찾아 가격을 깎았고, 그 후로도 몇 번이나 찾아갔는지 모른다. 29,000? 27,000? 26,000 이하는 절대 안 된다는 말에 아내는 몰래 웃었다.

　'사실 1원도 안 깎아줬다 해도 샀을 거예요!'

　이 휠체어는 정말 흥미로운 물건이었다. 빙글빙글 도는 모습을 본 개는 왈왈 짖어대고, 아이들은 주변에 있는 어른들에게 꼭 물어보았다.

　"저 의자는 어떻게 혼자 움직여요?"

개의 지능은 4, 5세 아이와 비슷하다는데, 개나 아이들이나 이 의자를 차로 생각할 수 없었을 것이다. 이 휠체어는 내게 진정한 자유를 주었다. 집에서도 맘대로 다니고, 밖에 나가서도 혼자 맘껏 달리고, 춤도 출 수 있고, 당구도 칠 수 있고, 좀 가파른 곳도 문제없이 올라 산에도 오를 수 있었다. 춤이라면 춰본 적이 없었고, 당구는 지금은 잘 치지 못한다. 그리고 같이 칠 상대도 없다. 잘 치는 이는 나랑 치는 게 귀찮을 테고, 못 치는 이는 내가 귀찮아할 테니까.

이 휠체어 덕분에 나는 삼십 몇 년 만에 정말로 산에 올랐다. 윈난 성 쿤밍 쿤밍호숫가에 있는 완서우산(万寿山).

내가 다시 산에 오르게 될지 누가 상상이나 했을까!

내 힘으로 산에 올랐다고 하면 누가 믿을까!

산 위에 앉아서 산 아래 길을 보고, 저 아래 복잡하고 시끄러운 도시를 내려다보며 고흐가 테오에게 보낸 편지의 한 구절을 떠올렸다.

'나는 지구상의 낯선 자다. 이곳에 많은 요구를 숨겨놓았다…… 사실 우리는 대지를 넘었고, 우리는 그저 생활을 경험했을 뿐이다…… 우리는 아주 먼 곳에서 와서 아주 먼 곳으로 간다…… 우리는 지구상의 순례자이고 낯선 자다…….'

산 위에 앉아 저편 하늘가에서 바람이 일고 구름이 움직이는 모습을 보자니 절로 시구가 떠올랐다.

'아. 시미(希米), 시미[24]

혹시 길을 잘못 들었을까 나는 두렵소.

누군가를 떠올렸는데 만난 이가 바로 당신이었소!'


만약 고흐의 말을 이 뒤에 덧붙인다면 그래도 완전한 시가 될 듯하다.

산 위에 앉아 디탄의 방향을 가늠해보며 그 공원을 생각했다.

'내 휠체어가 지나갔던 그 자리에는 어머니의 발자취도 함께 남아 있음을 깨달았다.'

그것도 생각했다.

'안개가 가득한 이른 새벽이나, 태양이 높이 뜬 대낮에도……'

그것도 생각했다.

'나이 든 측백나무 옆에 앉아서, 풀밭 위 무너진 담 옆에 멈춰서, 또는 곳곳에서 풀벌레 울음소리가 들리는 오후와 새들이 집으로 돌아가는 저녁 무렵에도……'

그때 했던 생각들도 생각했다.

'나는 종이와 펜으로 신문과 잡지에 길을 열었다. 그 길은 어머니가 바라던 그 길은 아니었다…… 어머니가 내가 찾길 바랐던 그 길은 과연 무엇이었을까?'

갑자기 답안이 떠올랐다.

휠체어에 기대어 길을 묻다!

그렇다! 이 57년간 나는 무엇을 했던가? 휠체어에 기대어 길을 물었다. 그랬다!

그렇다고 스테성이란 사람이 이 별에 살면서 결말을 물었다는 말이 아니다. 또 스테성이란 이 낯선 곳을 내가 이미 조금은 알고 있다는 말도 아니다.

불교에 '법륜상전法輪常轉(법륜은 항상 이어진다)'에서 륜輪과 전轉은 분명 무한한 길을 가리킨다. 그 무한한 길은 무한한 슬픔과 정이고, 무한한 어리석음과 깨달음이다. 그리고 무한한 생각과 물음과 기도에 기대어 살고, 그 존재의 바퀴가 무한히 도는 것에 순응하는 것이다.

그것이 나의 삶이다.

니체는 운명을 사랑하라고 했다. 운명을 사랑해야 사랑의 경지에 다다른다고 했다. 운명을 사랑하라는 말은 신을 사랑하라는 말이다. 신은 무한한 종류의 운명을 창조했다.

만약 당신이 만난 운명이 마음에 들지 않는다면 그것을 미워할 것인가? 운명을 사랑하라는 말은 중생을 사랑하라는 말이다. 마음에 들지 않은 운명이 다른 이에게 간다면 당신 마음은 가벼워지고 행복해질까? 고흐가 말했던, 생활을 경험하라는 말은 드러나지 않지만 분명히 알려준다.

여기 이 낯선 곳은 마음의 여행에서 만난 하나의 풍경이고 한 번의

266

만남일 뿐이다. 그러니 앞으로 펼쳐질 미래의 여정에서도 역시 끊임없이 물어야 한다고 말이다.

주
—

1. 디탄은 명나라 시대인 1530년에 세워진 제단으로 명·청시대 제왕에게 제사를 지낸 곳이다. 현재는 이곳을 공원화했다. 내단內壇과 외단外壇으로 이루어진 디탄은 희고 높은 담으로 둘러싸여 있다. 건축물 대부분은 내단에 있다. 베이징시 중심에 북쪽은 디탄, 남쪽은 톈탄(天坛, 천단), 동쪽은 르탄(日坛, 일단), 서쪽은 웨탄(月坛, 월단)이 있는데 모두 다 제단이었고, 지금은 공원화되어 있다. 그중 규모가 가장 큰 곳이 하늘에 제사를 지낸 톈탄이다.

2. 문화혁명시기(1966~1976년)에 도시의 학생들, 청년들이 농촌으로 가서 현지 생산대에서 노동한 것을 말한다. 정확한 명칭은 차뚜이(揷队)로 원래는 도시민이 농촌 호적으로 전입한 것을 의미하는데, 지금은 문화혁명기에 도시 청년, 학생들이 농촌으로 내려가 현지 생산대에 들어가 함께 일한 것을 가리킨다. 여기서는 편의상 생산대로 부른다.

3. 중국 샨시성(陝西省) 북쪽인 연안 일대로, 중국 공산당 혁명의 근거지다.

4. 문화혁명기에 간단한 의료기술과 보건 교육을 받고, 산간과 농촌의 생산대에서 의료서비스가 미치지 않는 곳에서 간단한 의료처치를 하거나 지역 병원에서 의료보조원으로 일했다.

5. 문화혁명 초기 1966년~1967년까지 전국 중·고등학교가 휴교되고 대부분의 학생들이 하방을 가서 농촌생산대에서 일했다. 그래서 이 3년 동안 원래는 학교

를 다녀야 했지만 다니지 못하고 하방을 간 학생들을 특별히 68 중1, 67 중2, 66 중3, 68 고1, 67 고2, 66 고3으로 줄여서 불렀고, 이것이 당시 시대를 설명하는 암호처럼 되었다. 중1은 1952년 출생, 1965년 중학교 입학해 1968년에 졸업 예정자. 중2는 1951년 출생, 1964년에 입학해 1967년 졸업예정자. 중3은 1950년 출생, 1963년에 입학, 1966년 졸업예정자. 고1은 1949년 출생, 1965년에 입학, 1968년 졸업예정자, 고2는 1948년 출생, 1964년 입학, 1967년 졸업예정, 고3은 1947년 출생, 1963년 입학, 1966년 졸업예정인데 문화혁명으로 1~2년씩 학업을 못하고 다음 단계로 진학한 경우다. 중국 교육사에서도 특이한 사례로, 시진핑도 여기 고3에 해당한다. 중국에서 이 세대는 중화인민공화국 건국, 대약진운동, 문화혁명 등 큰 역사적 사건을 모두 겪은 세대다.

6. 일반적 의미로는 지식을 갖춘 젊은이지만, 중국에서는 다른 역사적 의미를 갖는다. 1968년부터 1978년까지 도시에서 농촌이나 변경으로 가서 생산대에 참가해 노동과 건설 등을 한 젊은이를 의미한다.

7. 1968년 밥 비먼이 멕시코 올림픽에서 세운 이 기록은 1991년 세계육상선수권대회에서 8미터 95를 뛴 마이크 파월에 의해 깨졌다. 이 글은 1988년 올림픽이 끝나고 쓴 글이다.

8. 1897~1931년. 중국 현대시를 개척한 시인. 베이징대학교를 졸업하고 미국과 영국에서 유학했다. 인도 시인 타고르가 중국을 방문했을 때 통역을 했고, 그의 시를 중국에 소개했다. 34살의 젊은 나이에 비행기 사고로 숨졌다.

9. 중국 결혼식에서는 사탕을 돌리는 풍습이 있다. 당시에는 결혼식을 간소화해서 예식 없이 동네 사람들에게 사탕을 돌리는 것으로 마무리하는 경우가 많았다. 저자의 경우, 어렸을 때라 식에 참석하거나 가보지 못하고 사탕만 먹어서 '결혼=사탕'이라고 생각했을 것이다.

10. 반혁명진압운동의 약칭. 중화인민공화국이 성립되고 1950년 12월과 1951년 10월 두 차례에 걸쳐 전국적으로 이루어진 정치적 운동이다. 1년 동안 중국 전역

에서 국민당 잔당, 제국주의 간첩, 토비, 악덕지주들을 총살했다. 1984년 발간된 자료에 의하면 당시 71만 명이 죽었다고 하며, 비공식적인 자리에서 마오쩌둥은 100만 명을 죽였다고 말했다. 이 과정에서 억울하게 죽은 사람도 적지 않았는데, 1980년대 들어 재조사를 통해 명예를 회복한 사람들도 있다.

11. 국민당을 물리치고 1949년에 중화인민공화국이 성립한 것을 해방이라고 한다.

12. 중국의 시인, 수필가. 베이징대학 영문학과를 졸업했고, 현재 베이징중앙미술대학 교수로 있다. 베이징대학 3대 시인이라 불린다.

13. 중국 유명 영화의 등장인물이다. 악덕지주로 농민운동 당시 쫓겨났다가 농민운동이 침체되었을 때 다시 돌아왔다. 그때 극중에서 말한 "후한산이 또 돌아왔다!"라는 대사는 유행이 되었다. 마땅히 사라져야 할 사람이 다시 권력을 잡거나 다시 살아났을 때 비웃는 의미로 사용한다.

14. 1958~1984년까지 있었던 가장 기층의 경제공동체제

15. 내용상 문화혁명이 시작된 것으로 보인다.

16. 불교에서 열반인 피안의 반대 개념. 깨닫지 못하고 고생하며 살아가는 상태

17. 문화혁명 시기, 지식인의 노동개조를 위해 농장에 모아놓고 정신과 신체 단련을 시켰는데 이것을 간부학교라 한다.

18. 중국의 작가, 문학비평가. 한국에도 출간된 산문집《생활의 발견》으로 유명하다.

19. 영도는 영상과 영하를 가르는 기점이고, 각도로 보자면 왼쪽 오른쪽 어디에도 기울지 않는 균형점이다. 영도는 기준점이자 시작점이다.

20. 베이징 시내 전체를 고리처럼 감싸 도는 도로로 시가 점점 커지면서 지금은 육환로까지 생겼다.

21. 중국의 영화감독, 배우, 교수. 1980년 대학 졸업 작품으로 스테셩의 소설《우리의 모퉁이》를 단편영화로 만들었다. 1992년 만든 영화〈푸른 연〉은 문화혁명의 민감한 부분을 다뤘다는 이유로 10년간 상영 금지되었다. 그 후〈차마고도-더 라무〉등 여러 작품이 상하이국제영화제, 타이완금마장 영화상을 수상했고, 2014

년 장이모우 감독과 만든 〈양귀비〉에서는 공동감독과 예술총감독을 맡았다.

22. 쑨리저(孙立哲), 저자의 칭화부중 동창으로 함께 생산대에 참가했다. 위생원으로 일하다 문학혁명 후 의과대학에 진학해 의사가 되었다. 미국 노스웨스트 의대에서 박사학위를 받았고 의사로 일하다 동물 털에 대한 과민반응으로 의사를 그만두었다. 하버드와 MIT 등에서 MBA를 받았다. 현재는 교수로 일하면서 의학 약학 관련 회사도 경영하고 있다.

23. 1983년 중국 우수단편소설상을 받은 소설《나의 멀고 먼 칭핑완》의 무대로, 생산대 시절이 배경지다.

24. 저자의 아내인 천시미(陈希米)

옮긴이_ 박지민

동덕여자대학교 국사학과를 졸업했고, 베이징에서의 대학원 과정 3년을 포함해 중국에서 7년을 살았다. 좋은 중국책을 찾아 소개하고 번역하고, 글을 쓰며 살고 있고, 앞으로도 오래 오래 그렇게 살길 바란다. 옮긴 책으로《당신은 왜 가난한가》《대륙의 찬란한 기억》《그는 왜 부자인가》《사랑하는 싱싱》《풍경》《흑백을 추억하다》《집으로 가는 길 1, 2》《마오쩌둥 어록》《그림으로 심리읽기》《앙코르 인문기행》등 60여 권이 있고,《중국의 자연유산》《중국 서남부》를 집필했다.

## 나와 디탄

초판 1쇄 발행일 2021년 5월 20일

지은이 사철생(史铁生)
옮긴이 박지민
펴낸이 김현관
펴낸곳 율리시즈

책임편집 김미성
디자인 송숭숙디자인
일러스트 추덕영
종이 세종페이퍼
인쇄 및 제본 올인피앤비

주소 서울시 양천구 목동중앙서로7길 16-12 102호
전화 (02) 2655-0166/0167
팩스 (02) 6499-0230
E-mail ulyssesbook@naver.com
ISBN 978-89-98229-89-4 03820

등록 2010년 8월 23일 제2010-000046호

ⓒ 2021 율리시즈 KOREA